ANNA KOVE
KAMBANAT E SË DIELËS
TREGIME

RLBOOKS

ANNA KOVE

KAMBANAT E SË DIELËS

tregime

Brussels 2020

Copyright © Ana Kove
Brussels, Belgium, 2020
All rights reserved.

RLBOOKS

RL Books is part of
"Revista Letrare"
www.revistaletrare.com
info@revistaletrare.com

CIP Katalogimi në botim BK Tiranë

Kove (Spahija), Anrila
Kambanat e së dielës : tregime / Anna Kove ;
red. Sonila Kapo.

- Ribot. - Tiranë : RL Books, 2020
112 f. ; 12.7 x 20.3 cm.
ISBN 978-9928-324-12-2

1.Letërsia shqipe   2.Tregime dhe novela

821.18 -32

Përgatitja për botim: Shqipto.com
Kopertina: Mirjana Madhi

*Këtë libër ia dedikoj kujtimit të gjysheve të mia,
Andromaqi Kuteli (Kove) dhe Athina Rondo (Pupi),
që më rritën me magjinë e rrëfenjave,
të cilat ma ndikojnë jetën edhe sot.*

LUTJE E PAMBARUAR

(X 1)

Dola para pasqyrës dhe s'po iu besoja syve. M'u duk sikur pashë atë vajzën e vogël të para shumë viteve. Dukesha njëherësh bukur dhe e frikësuar. I qesha t'i jepja zemër. Hareja e madhe brenda gjoksit nisi të më shndërrohej pashpjegueshëm në ankth. Mora krehrin dhe instinktivisht nisa të kreh flokët, edhe pse s'do të shkoja askund tjetër, veçse në shtrat. Imazhi i ëndërrt i sime gjysheje m'u rishfaq sërish pas shpinës. Sa herë dilja para pasqyrës të bëja dialog me veten, më kujtohej ime gjyshe. Mbaj mend se çdo natë, para se të flinte, diç pëshpëriste.

"Nënoke, pse flet me zë të ulët?"

"Se këto fjalë kështu thuhen. Nuk duhet t'i dëgjojë njeri."

"Po pse i thua, kur nuk do t'i dëgjojë askush?"

"Ia them Shën Mërisë. Ajo m'i dëgjon. Se më do shumë."

"Po çfarë i thua? Edhe unë të dua shumë! Pse s'm'i thua mua?"

Pastaj m'u afrua; në dorë mbante diçka të mbështjellë me një batanije fëmijësh. E shtriu mbi krevat, si të ishte fëmijë i vogël që donte kujdes se mos lëndohej. Mbylli perdet e errëta të dritares me një gozhdë të harkuar nga brenda, mbylli edhe derën e dhomës ku flinim të dyja.

"Mirë do të ishte të kishte edhe nga brenda çelës kjo derë e uruar", - tha, pastaj më hipi mbi një stol para pasqyrës; m'i shprishi gërshetat që vetë m'i kishte thurur në mëngjes dhe më drejtoi të shihesha në pasqyrë.

"E sheh, sa e bukur je! Kështu do ngelesh gjithmonë, e bukur e me shpirtin e pastër të fëmijës në ata sy, nëse do ta duash shumë e do t'i lutesh përnatë Shën Mërisë."

"Do ta dua, nënoke! Unë dua të jem gjithmonë e bukur", - i thashë, ndërkohë që ajo hodhi sytë mbas perdeve të errëta të dritares.

"Zot, ki mëshirë për ne", - tha këtë herë me zërin që mund t'ia dëgjoja qartë. E kisha hetuar se e përmendte shpesh fjalën "Zot", edhe pse me shumë frikë. Dukej sikur kishte frikë se mos e dëgjonte edhe vetë, jo më të tjerët. Nuk e kuptoja pse, por e ndieja se s'duhej ta pyesja. Tërhoqi edhe një herë derën pranë vetes, si për t'u bindur se nuk hapej, nëse do ta shtynte kush nga jashtë dhe nxori nga poshtë rrobave të sirtarit të fundit të baules së saj diçka të mbështjellë me gazetë. Në letrën e zverdhur shihej qartë portreti i Enver Hoxhës, që përshëndeste me dorën lart dhe gishtat e harkuar para.

"Pupu", - tha e tmerruar, - "si nuk e paskam parë me çfarë e kam mbështjellë?! Edhe kjo na duhet". Nxori nga poshtë gazetës një kavanoz të vogël xhami, mbushur treçerek me ujë dhe sipër me vaj. Në mes të kapakut të verdhë dilte një fitil, bërë nga një kanotiere e grisur. Pjesa më e gjatë e fillit të pambuktë ndodhej brenda në barkun e vazos. Nxori një shkrepëse nga xhepi i fundit të saj të zi. Gjithmonë iu qepte fundeve të saj të gjera nga një xhep të brendshëm. Aty mbante një tufë çelësash të lidhur në një karficë. As sot nuk e di përse i kish gjithë ata çelësa. Ne, asgjë nuk mbanim të mbyllur në shtëpi; e vetmja gjë që hapej e mbyllej me çelës ishte baulja e saj. Me shkrepësen ndezi rripin e atij fitili të sajuar, të kandilit, siç e quante, dhe fiku dritën e dhomës.

"Nuk duhet të na shohë njeri", - tha e pastaj u afrua edhe vetë para pasqyrës, mbi komonë e vjetër me dru arre të errët e shprishi gërshetat e veta, të mbledhur si gjarpërinjtë e ujit që rrinin në gjol kutullaç pas resmjeve. Flokët i kishte të hollë e të butë. Të valëzuar nga shprishja e gërshetave i dukeshin të dendur dhe ia mbulonin supet. Kushedi sa shumë vite kishte që nuk i priste, por vetëm i lante dhe i thurte çdo mëngjes. E hirta e thinjave nën dritën e qiririt e bënte të dukej krejt ndryshe. Ishte një ndjesi që edhe sot kur e kujtoj më mbushet shpirti me një ngazëllim që s'di ta shpjegoj. Nga poshtë batanijes nxori një ikonë druri. "Korë", i thoshte, dhe e mbështeti për pasqyre. Para saj gjendej kandili i ndezur.

"Shën Mëria tani do të dëgjojë lutjet tona. Ti do lutesh për herë të parë në jetën tënde. Me zë! Dhe me shpirt! Dhe do të bëhesh më e bukur se ç'je. Do të mbetesh e bukur gjithmonë, nëse lutesh. Kurrë mos e harro këtë natë." E shihja nga pasqyra dhe përballë nesh, nga ikona, na shihte Shën Mëria, brenda një rrethi të florinjtë, ndërsa nga pasqyra, unë dhe gjyshja, si hije, aq sa na lejonte flakëza e kandilit, dukeshim njësoj. Unë mbi stol dhe ajo në këmbë. Ma mori dorën në të sajën dhe më mësoi si të bëja kryqin. Dora më dridhej. Pëshpëriti me zë të ulët fjalët e uratës, dhe unë i përsërita pas saj.

Atë natë ndjeva se diçka ndryshoi në lidhjen time me të, por edhe në gjithë atë çka ishte bota ime, e një fëmije që i mësojnë se si të adhurojë një dashuri e si ta rrisë. Një dashuri që të jep lumturi të madhe, por edhe frikë të madhe, njëherësh. Askush s'duhet ta dinte se ç'kisha mësuar. Se ç'kisha bërë. Ç'kisha parë. "Askush", - më tha ajo, dhe buzët iu drodhën sërish nga një lutje pendimi. "Askush?" "Jo. Sepse askush nuk të do më shumë se Shën Mëria", - më tha. "As mami?" Nga ajo natë, kur më mësoi t'i lutem fshehur Shën Mërisë, filluam të flisnim gjithmonë para gjumit. Flinim të dyja në një dhomë. Mbase sot askush nuk e kupton dot sesi një fëmijë flinte në një dhomë me gjyshen, por atëherë ashtu ishin kohët. Koha më e bukur dhe më mistike e kujtimeve të mia të fëmijërisë. Mezi prisja të vinte mbrëmja dhe t'i shtrihesha pranë.

Një natë më tregoi një histori të trishtuar:

"Kur linde ti, bijë, ky vend po ndahej me Zotin. Mbi këtë vend po binte mallkimi".

"Po pse, nënoke? Çfarë do të thotë 'po binte mallkimi?'"

"Në një vend që nuk bien kambanat, bie mallkimi", - më tha. "Ti linde në javën e Pashkës. Prill. Po ne nuk i festonim dot hapur. Atë natë festuam, duke u fshehur me gëzimin e lindjes sate. Ti ishe ende pa emër. Të nesërmen e Pashkës jot ëmë të mori me vete dhe të pagëzoi fshehur në një kishë diku në jug, andej nga ishte vetë. Te porta e shtëpisë së Sekretarit të Partisë, atë natë të Pashkës, se kush kishte hedhur ca lëvozhga vezësh të kuqe. Lajmi mori dhenë. Qyteti i vogël ishte mbledhur grusht nga paniku. Dhe meqë e kishin pikasur se ne kishim bërë festë, kur u kthye ca ditë më vonë, nënën tënde e thirrën atje, në atë shtëpinë e spiunëve.

- Tregoji partisë, - i thanë. - Vajte në jug?
- Vajta.
- Festove Pashkën, pa u nise?
- Festova vetëm lindjen e vajzës.
- Po lëvozhgat e vezëve të kuqe pse i hodhe në derën e shtëpisë së Sekretarit të Partisë?
- Nuk kam hedhur asgjë, dhe ajo shtëpi buzë ujit nuk është e Sekretarit të Partisë, por e familjes sonë.

- Ajo shtëpi është e pushtetit popullor, ç'ju duhen juve dy shtëpi? - i tha vrazhdë njeriu i partisë. Ndjesia e pronës së fituar rastësisht, e të grabitur, te njerëzit që nuk e kanë pasur kurrë atë, i bënte ata edhe më agresivë me pronarët e vërtetë. Po vajzën pse e pagëzove në fshehtësi? Si dreqin i merrnin vesh të gjitha?! Ajo s'iu përgjigj asnjë pyetjeje. I kishin vënë përpara një letër dhe një laps, që të shkruante emrin e priftit. I thanë se nuk do ta linin të dilte nga ajo dhomë, as për të ushqyer foshnjën, pa shkruar emrin në letër. Dikur, kur po errej dhe ajo, e mbyllur atje në dhomën e "Degës së Punëve të Brendshme", po ndiente dhimbje therëse në gjoks nga qumështi i papirë; e bashkë me dhimbjet po i ngrihej edhe temperatura. Nga mezi i natës e kishin gjetur shtrirë përtokë, pa ndjenja. Nga spitali erdhi në shtëpi të nesërmen. Ti qave shumë atë natë. Nuk kishim ç'të të jepnim të pije, se ende nuk haje. Mora pak sheqer sa thoi i gishtit të vogël dhe e futa në një napë të bardhë në formën e kokës së një biberoni dhe sa here qaje ta fusja në gojë, e thithje dhe qetësoheshe. Lusja Zotin që ai pak sheqer të mos mbarohej, derisa të vinte jot ëmë. Dikur u qetësove. Por, as nga qumështi i gjirit nuk pive më. E fute në gojë dhe sërish fillove të qash shumë. E sigurt, ai qumësht ishte hidhëruar. Si dukej, në atë natë torturash psikike, së bashku me gjakun, i kishin helmuar dhe qumështin."

Asgjë s'më ishte dukur më magjepsëse se ajo mbrëmje kur mësova të lutem. Kohë më vonë, pas vdekjes së saj nuk u luta çdo natë, por veç në netët e trishtuara. Kur është i lumtur, njeriut s'i bie ndër mend lutja!

(X 2)

Makina më ndaloi para këmbëve. Hipa me padurim dhe i çika paksa buzën e sipërme, më shumë duke i marrë erë sesa duke e puthur. Kisha menduar se duhet të bëja diçka me pamjen time për ta çuditur. Jo! Nuk kisha mundur dot kaq shumë sa ai, që dukej sikur i kishte hequr së paku 10 vjet vetes. S'e kishte më atë pamjen e mesoburrit, që po pret me durim e qetësi plakjen, por pamjen e një burri të ri, që s'pranon dot të ndahet nga hija e djaloshit. I freskët, i saporruar dhe i spërkatur me aromë. Ajri i makinës ishte mbushur gjithë dashuri. U ndjeva në çast si në një botë magjike. Një fill i padukshëm mistik ngadalë-ngadalë po na bënte bashkë të dyve në një udhëtim. Ja, ai vozit, ndërsa vështrimi im tretet larg nëpër pemë, që më duken si silueta njerëzish. Në fantazinë time më ngjante shpeshherë me një pemë. A mund të projektohet imazhi i një njeriu te një pemë. Pse jo? Një pemë me trung të gjerë dhe lëkurë me ashkla të plasaritura që ruajnë fort palcën, me rrënjë thellë në tokë dhe me kreshtën e madhe të degëve e gjetheve të gjelbra, që e lejojnë diellin e ngrohtë ta depërtojë deri në ngjizjen e saj me tokën. E unë doja të isha, si në mite, nimfa e pemës, driada e saj. Të isha e lirë në trup, e bukur si të gjitha nimfat, e varur nga eliksiri që më jepte simbioza e jetës në dashuri me pemën. Të rrija aty dhe të thithja nga oksigjeni i saj, por edhe të mund të ikja larg, vetëm, aq larg, sa pema të mos vuante pa praninë time, por pastaj të ishim sërish bashkë, të kapërthyera si në mite: nimfa dhe pema e saj. Ishin përjetimet e një çasti, kur një grua shkëputet nga realiteti thjesht e vetëm se e mrekullon natyra, apo kushedi se çfarë ide e pavetëdijes së saj.

"Ku po shkojmë?" - e pyeta, kur mendja m'u kthye aty brenda në makinë. Shkëputi vështrimin nga rruga një çast dhe sytë i ndriçuan fort. Ndjesia e të qenit i dëshiruar nuk mund të kalonte pa atë ngazëllimin që, nga brenda, nis e të shpërfaqet në fytyrë dhe duket sikur të rrjedh nga sytë, mbi buzë. Me dorën e majtë mbante timonin, ndërsa me të djathtën më shpupurishi flokët. Iu afrova paksa, me kujdesin e duhur që të mos e shpërqendroja, dhe ia mora dorën e djathtë mbi timen. Ndieja se lëkura nga aty po shpërhapte kënaqësinë e të prekurit dhe ndër pjesë të tjera të ndijimit. Pastaj ledhatova me lëvizje rrethore bulëzat e gishtave të mi me të tijat. Si i përmbante ky burrë aq fort instinktet? Guximi im mund të ishte edhe më i madh, sikur të mos kisha vazhdimisht frikën e shpërqendrimit nga timoni. Si për të më thënë se unë s'mund të jem e pagabueshme në gjykime, gjeti një xhep rruge dhe ndali makinën. Ma rrëmbeu fytyrën mes pëllëmbëve, ma afroi pranë të vetës, dhe një masë e lëngshme buzësh përfshiu të miat. Ma kapi dorën dhe ma shtrëngoi fort duke kapërthyer gishtat.

- Cila është dëshira më e madhe që ke tani, - më pyeti, duke më thirrur në emër. Pranë tij, e papeshë, kisha një dëshirë shumë më të madhe t'i kundroja sytë, që i flakërinin nga iskra dëshirash, t'i puthja buzët e lëngështa, t'i kapërthehesha fuqisë së trupit mashkullor. Madje, kisha një dëshirë edhe më të madhe, që tejkalonte të qenët grua. Një dëshirë që vinte nga lumturia, por edhe frika se një ditë do të mbaronte ky pasion përpirës dhe këto përjetime ajri do t'i ktheheshin sërish tokës. Aty do të mbuloheshin nga dheu i harresës. Me dhimbje. Si mbulojmë çdo qenie që ka qenë pjesë e shtrenjtë e jetës sonë. Unë doja t'ia lija ajrit gjithë ç'ndieja. Ai e kuptoi pamundësinë time për të folur mbase si pa dëshirë. Realiteti po më ushqente me një dashuri gati të pamundur. - Hë? - më ftoi sërish. Ç't'i thosha? Dëshirat më të mëdha qenkan dhe pamundësitë më të mëdha!

- Të di se ku po shkojmë, - e pyeta më zë disi të dridhur, pa ditur ç't'i përgjigjesha asaj pyetje të beftë.

- Drejt të pamundurës, mbase, - m'u përgjigj krejt shkurt dhe pa u zgjatur. Edhe tani që ndanim vetëm të dy ajrin mes nesh, më shumë heshtte sesa fliste. Por, në kësi kushtesh, kur e kisha aq pranë, heshtjen e ndìeja njësoj si fjalë të thëna bukur. Heshta dhe unë dhe nuk fola fare thuajse gjithë rrugës. Në thelb isha njeri kureshtar dhe s'frikesha kurrë, kur e ndieja se diçka e panjohur më priste. E në këtë rast, përmes së panjohurës, mbase do të kisha mundësi ta njihja më mirë edhe atë vetë.

- Ende nuk ma the një dëshirë të madhe që ke në këto çaste, - insistoi.
- Më duaj, sa të mos jetosh dot pa mua! - i thashë, dhe u pendova në çast nga ajo fjali, që më tregonte gati-gati adoleshente naive.
- Hëm. Por, do të jetosh ti pa mua, - tha, dhe ma mbylli gojën me buzë, më tepër për të mos më lënë kohë fare të flisja pas tij. Ishim në krah të njëri-tjetrit dhe ndihesha si e papeshë tek ecja asaj rruge. Ndieja ajrin të më rrethonte të gjithën me harmoni shpërthyese. Herë-herë ia fusja krahun si padashur dhe ai ma shtrëngonte me dorën e tij rreth belit. Pastaj shkëputeshim sërish, si për t'i dhënë mundësi frymëmarrjes të ritmonte natyrshëm. Ecëm duke shijuar pa fjalë kënaqësinë e hapave në trokun e zemrave. Pastaj harkoi krahun e tij të djathtë rreth qafës, duke më drejtuar gjithë trupin për nga një lulishte e vogël aty pranë, ku ca pleq po luanin domino dhe m'u bë i largët sërish.

Si më tha? Se do të jetoja unë pa të. Pra ai mendon se unë nuk e dua mjaftueshëm, sa të mos e kem të pazëvendësueshëm? Këtë të ketë pasur ndër mend, kur m'i tha ato fjalë? Pse do të jetoj unë pa të, kur ne duhemi? Po e torturoja veten me këto pyetje të brendshme, ndërsa ai po i pyeste pensionistët për një bust të prishur nga komunistët në vitin 1947.

- Një përmendore prishur nga komunistët? Po, a nuk i ndërtuan vetë komunistët lapidarët dhe përmendoret pas luftës?

Po sikur të ketë menduar se, ngaqë nuk është shumë tip seksual, kam nevoja përtej asaj që ai më jep dhe... Ah, jo deri këtu nuk mund të arrijë të mendojë asnjë burrë, edhe nëse nuk të do shumë.

- Ku mund të ketë qenë lapidari?

Ai po pyet pleqtë, ndërsa pleqtë pyesin njëri-tjetrin. Po unë pse dreqin nuk i lë këto pyetje idiote që ia bëj pa fund vetes, dhe të përqendrohem më mirë se pse u rrethuam nga gjithë këta pleq këtu në mes të lulishtes? Busti? Përmendorja? Lapidari? Varri? Ja. Për këto po flitet më duket.

- Lapidari ka qenë para Shtëpisë së Oficerëve.

- Jo. Jo, - thotë një tjetër. - Ai u prish më vonë. Pasi u prishëm me kinezët. Nuk ishte lapidari i priftit tonë ai. Busti i një prifti shqiptar, i derdhur në bronz, që u shkatërrua po nga shqiptarët në 1947-n.

Pleqtë aty rreth nesh s'duhet të kishin qenë edhe aq të rritur më 1947-n, sa për të mbajtur mend aq shumë. Se ishin shumë të hallakatur në përgjigjet që jepnin. Pastaj thirrën një më të vjetër, nga një grup, që luante një lojë shahu aty pranë. Një nga ata që i dinte dhe mbante mend të gjitha. Ai fliste e fliste pa pushim. E kisha shumë të vështirë të përqendrohesha, dhe pse tani isha bërë tërë sy e veshë.

- Po, po. E di. Si nuk e di. Lapidari i priftit ishte afër kishës së vjetër.

- Pra, e paskan prishur komunistët kur prishën kishat? - u hodh dikush.

- Po, jo, mor burrë. Kishat u prishën në 1967-n. Lapidari i priftit tonë u prish në 1947-n. Si ka mundësi aq herët, para se të prishej kisha? - pyeti dikush tjetër aty pranë.

- E prishën komunistët, por të urdhëruar nga serbët. Komunistët serbë nuk iu thanë këtyre tanëve të prishin kishën; se as kishat e tyre kurrë nuk i prishën. Por këta komunistët tanë në '47-n ishin si vëllezër me komunistët serbë. Dhe komunistët serbë, që të vrisnin për Zotin e tyre, donin që edhe Zoti ynë të fliste gjuhën e tyre. Priftin e vranë ata më 1928-n, se ky meshonte shqip, as në gjuhën e sllavit e as të grekut. Edhe shkrimet e kishës në shqipe, vinin e i prishnin diversantët serbë natën, e u vinin shenjtorëve tanë emrat e tyre sllavë. Po prifti prapë i shkruante shqip ditën. Deri ditën që e vranë. Thonë se donin t'i prisnin dhe kokën e t'ia çonin në Serbi. Populli këtu e donte shumë dhe ia bëri nderin edhe në kishë, edhe në xhami.

Këtu plaku ndaloi dhe na hodhi një vështrim të gjithëve, si për të parë në po e ndiqnim rrëfimin e tij apo jo. Kur pa se edhe unë po e përpija gjithë ç'po rrëfente, vazhdoi:

- E kërkonin edhe të vdekur. E dini ç'bëri populli? E varrosi në varret e muhamedanëve, që të mos ia gjenin trupin, se prapë vinin diversantët natën, që t'ia gjenin kokën edhe t'ia prisnin së vdekuri.

- Çfarë? Një prift i varrosur në varret e myslimanëve? - e pyeta unë me habi dhe zë dyshues.

- Po, po, - tha. - Njerëzit këtu e deshën shumë në të gjallë. Ndaj ia ngritën lapidarin në të vdekur, - pastaj plaku na çoi te vendi ku kishte qenë dikur përmendorja e priftit, që pleqtë i thoshin "lapidar", dhe që komunistët e shkatërruan në 1947-n.

- Eh, - tha me dhimbje, - po ç'u kushtonte këtyre drejtuesve, që premtojnë qiellin në tokë për ca vota, ta ngrinin edhe një herë atë lapidar.

Prifti nuk ishte vetëm dëshmor i kishës, por ai ishte dëshmor i gjuhës shqipe dhe i atdheut. Iu mësonte shqip fëmijëve në kishë dhe kudo, të gjithëve, pa dallim. Thonë, kishte qenë vetë nxënës i Negovanit. Negovanin e dogji greku të gjallë, e këtë priftin tonë e vrau sllavi mu brenda në kishën e tij të vogël në Najazmë, aty pranë gjolit.

Prandaj nuk duhen harruar gjërat, - mor bir, vazhdoi, - e atë lapidarin ta venë prapë, siç e kishte ngritur populli i këtyre anëve, të krishterë e myslimanë bashkë. Së bashku duhet t'i bëjmë gjërat për shqiptari. Ata që s'na deshën dhe na vranë atëherë, prapë s'na duan edhe sot. Ata që na i prishën varret, dhe na i zhdukën, e na i ndryshuan shkrimet e shenjta të të parëve në kisha atëherë, prapë na i prishin edhe kërkojnë të na i ndryshojnë edhe sot në gjuhën e tyre. Përmes shërbëtorëve të tyre. Ndaj edhe duan që ne t'i harrojmë ca gjëra. Të harrojmë të vërtetat tona, të shkuarën tonë, martirët e vërtetë të vendit. Po mirë komunistët, që i harruan dhe i shkatërruan, po edhe tani këta që shkojnë e vijnë nëpër pushtete nuk po i bëjnë mirë fare ca gjëra, - këtu zëri iu mpak dhe kuptoi se tani muhabeti do bëhej më i rrezikshëm po të vazhdonte, ndaj parapëlqeu të bënte një pushim nga rrëfimi, duke pyetur: - Po, ti, pse interesohesh kaq shumë, mor bir?

Hë, pra, mendova dhe unë me vete. Pse ishte kaq i interesuar? Në vend të shijonim çastet tona të përbashkëta vetëm, rrinim e dëgjonim histori me priftërinj dhe komunistë.

- Prifti i Najazmës ishte gjyshi im, - tha. - As im atë s'e mbante mend fare. Dhe vdiq me brengën se nuk ia pa dot as varrin. Të pyesje në atë kohë për varrin e një prifti, të fusnin në varr të gjallë. Ose të linin siç e lanë tim atë. Të jetojë as mbi varr e as nën varr. As i vdekur e as i gjallë.

Pasi tha këto fjalë, unë e pashë në sy. Ai po lotonte. Ma shtrëngoi instinktivisht dorën. Burri i fortë befas u bë fëmijë i ndjeshëm, që kishte nevojë për t'u kapur diku. Pra, përveçse humbjes tragjike të gjyshit, ai kishte edhe brengën e jetës së pajetuar të atit të tij. Ai u drodh. U drodh edhe dora ime brenda pëllëmbës së tij.

Si tha? E kishte gjysh? Ata që s'e deshën dhe e vranë gjyshin tim dhe atin tim atëherë dhe tani s'më duan dhe do më vrasin edhe mua. Bobo! Kështu tha? Jo. Jo. Ishte pak më ndryshe. S'di si ndihem. Po unë pse nuk pyes atë si ndihet? Ja, ta pyes, së paku, si më pyeti ai. Por para se ta pyes, flet ai vetë i pari, pasi është përshëndetur me pleqtë aty në lulishten, ku dikur ishte përmendorja e Priftit të Najazmës, gjyshit të tij, që e kishin shkatërruar komunistët, siç i thanë pleqtë. Dhe, me dorën e vet, i ati i një njeriu me shumë pushtet politik e lidhje kriminale sot, si më tregoi ai me zërin plot ankth:

- Je e lirë të mos më ndjekësh pas. Unë e kam shumë të komplikuar jetën.

- Kam frikë se s'po të kuptoj dot plotësisht.

- E di. Askush nuk do t'i kuptonte ca gjëra, edhe po t'i thosha.

- Po thuaji, se mbase ndihesh më mirë.

- Por, mos kujto se do të ndihesh ti më mirë, po fola unë.

- Gjithsesi, diçka duhet të ma thuash.

- Jeta ime është shumë e kontrolluar. Mbase edhe e rrezikuar.

- E kontrolluar? - pyeta sikur nuk po kuptoja. Por në fakt e kuptova mirë. Dhe kjo m'i bënte të shpjegueshme edhe të gjitha ato situata të ankthit të tij të vazhdueshëm. Madje dhe paplotmërinë e ardhjes së tij tek unë. Në çast ndjeva frikë të madhe. Për atë? Mbase, por në vend të thosha ndonjë gjë, që të mund ta ndihmonte, apo të mund ta ngacmoja për të vazhduar më tej rrëfimin e tij, e pyeta në mënyrë krejt vetanake:

- Po jeta ime, a rrezikohet, nëse të ndjek?
- Nuk e di. Edhe mundet.
- Edhe mundet?

Toka m'u lëkund nën këmbë. Këmbët m'u drodhën dhe nuk isha e zonja të hidhja asnjë hap. As ta ndiqja e as të kthehesha mbrapsht.

- Është i vështirë shumë rrugëtimi drejt identitetit, - më tha në fillim. Po unë pse të kisha frikë? - Rrugëtime të tilla nuk janë të mjaftueshme vetëm. Por, as kur ke frikë, - më tha pasi kuptoi dyzimin tim.

- Eja të ikim nga ky vend. Ne mund të marrim mbrojtje dhe të jetojmë të sigurt diku gjetkë, larg këtij rreziku, - i thashë.

- Jo. Unë nuk iki. Ata atë duan, që ne të ikim. Ta braktisim vendin. Që të bëjnë ç'të duan me të shkuarën tonë, me vendet tona të shenjta, me emrat tanë, me të sotmen dhe të ardhmen tonë. Na e morën identitetin dikur me zhbërje, pastaj me plumb e me shkatërrim, tani duan të na përzënë.

Unë iu luta shumë të iknim. Se ç'kisha një parandjenjë të keqe.

- Po të ikim, do të mund të shkruanim e t'i rrëfenim të gjitha pa frikë e në liri, - i thashë. - Që asgjë të mos harrohej.

- Shkruaji ti, - më tha. - Të gjitha. Shkruaji ditët tona, netët tona. Çdo gjë që është kaq e bukur. Shkruaji dhe emrat kur i thërrasim në ekstazë, dhe Zotit kur i lutemi shqip. Kështu, të paktën, s'do na e vrasin dot dashurinë. As lutjet...

Ndjeva se ende diçka më fshihte, por nuk fola më dhe e ndoqa pas në heshtje.

(X 3)

Gjithmonë kur ndihesha kështu, e pasigurt, kisha dëshirë të vishja fustan të bardhë, pavarësisht viteve, aq më pak stinës, si për t'i dhënë siguri vetes përmes detajeve... Dhe, gjithherë, më kujtohej ajo kohë e largët, kur nata ishte si e veshur me mister, dhe mezi prisja pastaj të zbardhte mëngjesi, që të hapej gati në fshehtësi një sënduk druri arre, dhe prej aty ajo të nxirrte një fustan të gjatë e të zi kadifeje, një peliçe të zezë, që s'di pse ime gjyshe i thoshte "sako", dhe një kapelë, që vetëm sa dilte dhe futej në sënduk sërish, pa u vënë kurrë mbi kokën e saj. Kapelat si ajo e gjyshes sime, që e kishte sjellë para çlirimit nga Rumania, s'të linin t'i mbaje më. Të gjitha rrobat i kishte të asaj kohe, të gati 40 vjetëve më parë, që i ruante dhe i pastronte me shumë kujdes. Gratë e reja aso kohe visheshin si burrat, të gjitha njësoj dhe pa asnjë gjurmë femërore në veshjen e tyre. E as mirëqenie mikro-borgjeze, siç i thoshin aso kohe, nuk duhet të reflektonin. Gjyshja e vinte kapelën mbi kokë, shihej në pasqyrë dhe e fuste sërish në sënduk. Thjesht sa të plotësonte ritualin.

Pastaj mbështillte në një napë të bardhë ca arra, ca gështenja, pak grurë të zier, temjan, dhe ca gjethe dafine. Ajo, e veshur e gjitha në të zeza, ndërsa unë e veshur me një fustan leshi të bardhë, që ma kishte thurur vetë me grep. Solemnitet gati mistik. Bardh' e zi, niseshim për t'i bërë vizitë një bote tjetër... Asaj më të panjohurës. Botës së të vdekurve, e cila kishte shumë rëndësi për time gjyshe.

Këto po ndërmendja, kur ankthi i terrtë i gjithë natës filloi të bëhej njësh me zbardhjen e mëngjesit. Kërkova në raftin e rrobave një fustan leshi të bardhë, thua se ai do më ndihmonte të zhvishja mendimet nga terri i tyre. Ndihesha e sigurt nën atë ngrohtësi *pure wooll,* dhe më dukej se dëgjoja zërin e dashur, të më pëshpëriste si dikur në fëmijëri: "Si engjëllushe dukesh!".

Ndodhi që e pashë si në ëndërr rrjedhën e asaj dite në të zbardhur: ai do të vinte i veshur në kostum të zi, pasi të kthehej nga katedralja, ku do të ndizte atje tre qirinj, si më kishte thënë. Pastaj do nisnim udhëtimin tonë të bukur drejt atij qyteti përrallor, qytetit të çokollatave më të mira në botë. Nuk do t'ia nisim nga punishtja e parë e çokollatave magjike, as nga shtëpia e kompozitorit të famshëm, nën tingujt e sonatave të të cilit na kishte zënë gjumi disa herë të përqafuar. Jo.

- Nga Katakombet, - më tha ai.

Si dreqin s'e kisha menduar edhe këtë si një nga dashuritë e fshehta, që na mbante padukshëm ende të lidhur bashkë: Ime gjyshe dhe bota e panjohur e nëntokës me dashuritë e fshehta të saj. E magjishmja, që nuk duket sipër tokës. Ai nuk po vinte, e unë tani po i frikesha ankthit të pritjes, kur ajrin e çau zhurma e frikshme e ca sirenave, që nuk po e kuptoja në ishin të urgjencës apo të policisë, vetëm se dritat e tyre vibruese m'u përplasën në sy, aq sa më verbuan; gjithçka m'u bë terr, këmbët m'u morën, mendja më çoi drejt një realiteti *deja vu*:

Është një zog, që s'po e pushon këngën e tij! Apo është vaji i tij? Përballë dritares, më ndjell monologun më të shëmtuar me veten. Si më tha ashtu? Se më donte aq shumë sa, po të iki prej tij, do të vdesë?

- *Pse ma përmend vdekjen, zemër!* - *i them.*

- *Vetëm nga dashuria e madhe përmendet vdekja, kur je shumë i lumtur. S'e kupton?* - *më përgjigjet...*

E, si ta kuptoj?! Si u treguaka dashuria e madhe, përmes gjëmës së madhe! Ah, ky korb, që s'po më lë rehat të shijoj në mendime llastimet e fjalëve të tij! Po, pse më qenka fiksuar vetëm kjo fjalë, me gjithë përkëdheljet, që edhe fjalori i përrallave me princesha do t'i kishte zili?! Kjo natë qenka e tmerrshme edhe e terrshme! Nuk mund ta shquaj dot, ku ndodhet shpendi që m'i bën shoqëri vetmisë. Po më hallakaten mendimet andej nga s'duhet. S'jam në gjendje të mendoj bukur, po nuk e hoqa qafe këtë zë të shëmtuar, që më çokanis në majë të kokës. Edhe ky telefon po kuis njësoj si korbi:

- Për ç'zog më flet?
- Është një korb i zi.
- Si e sheh në këtë natë terr se është korb, edhe i zi, madje?
- Letërsia dhe baladat thonë se korbi është i zi? Dhe ogurzi.
- Jooo. Thjesht, të paralajmëron për diçka! Nuk është e thënë të jetë paralajmërim ogurzi. Korbi është lajmëtar i perëndive. Zog diellor, i kuq.
- Kurrë s'mund ta parafytyroj dot një korb të kuq!
- Përfytyroje ashtu, edhe fli! Natën e mirë!

Jam gjysmë fjetur e gjysmë zgjuar. S'e kam fare idenë e orës. Qepallat e rënduara s'po i binden përpëlitjes së zgjimit. Një pjesë imja është ende pre e kushedi ç'ëndrrash, kurse pjesa tjetër pre e trandjes nga mbipesha e ditës që po lind. Në përjetimet e gjysmës sime të ndërgjumur trembem nga do zhurma, që më dukej se i dëgjoja ndonjëherë kur kridhja kokën thellësive të detit. Ndjesia e dridhjes së panatyrshme të ujit më mbështillte në fund të barkut lëmshinj të mëdhenj ankthi. Forca e përjetimit të një zëri të afërt, që vinte nga larg, dhe e rrymave ujore, shkulmonin brenda meje vibrime të papërballueshme malli. Dridhem dhe unë bashkë me ujin. Në fakt, po dridhem në shtrat. Sa mirë që s'qenkam në ujë mendova, duke u shkundur paksa nga dremitja. Por, e njëjta zhurmë, pothuaj gati në të njëjtën kohë, lemeris edhe pjesën time të porsazgjuar. Po dridhet telefoni celular.

Zhurmon, si të jetë kafshë e plagosur deti. Në fund të barkut përsëri filluan të më pleksen shtjella ujërash, që përcillen brenda meje me vibrimet e atij zëri të dashur; dhe me frikën, se mos ky send i pashpirt s'ma përçon dot në një rezonancë me zemër-rrahjen. M'u deshën ca sekonda, sa të ftilloja gjumin dhe zgjimin tim të njëkohshëm.

- Po vij.

Pamundësisë sime për mos të artikuluar dot as dy rrokje, nga gjithë ai padurim drithërues, dhe nga ankthi i bërë mornica mbi lëkurë, iu shtua nevoja e madhe e lutjes: "Në dorën dhe mëshirën Tënde, Zot!". Ai vazhdon flet në telefon dhe më premton se do të më sjellë një dhuratë. Një dhuratë, që do të më pëlqejë shumë. Kështu më thotë. Jam shumë e gëzuar, por edhe e trishtuar, që sytë e mi s'po shohin më si më parë. Edhe dëgjimi më është çoroditur, aq sa krijon mirazhe tingujsh. Tinguj, që nuk i shquaj dot, në janë ndjellakeqë apo ndjellamirë. Dhe ca sirena që s'pushojnë...

- Një ndjesi verbimi nuk më le të qetë. Kam frikë, mos nuk do të të shoh dot më, kurrë! - më thotë.

Ai paska ndjesinë e verbimit?! Njësoj si unë, që s'po më shohin më sytë nga malli. Dal në dritare dhe i them me zë koke zogut që është rishfaqur: "O korb i kësaj nate, bëhu i shenjtë si në 'Bibël' dhe më dhuro shikimin e pastër!".

Kur afrohet, i shoh në dorë një zog të vërtetë, me bebëzat e syve të mëdha e tërë dritë. Me kokën dhe bishtin e bardhë.
- *Ja, dhe dhurata ime për ty.*
- *Një zog?*
- *Është shqiponjë deti. E ka forcën te shikimi. Për çdo gjë që dëshiron, përdor vetëm sytë... Vetëm kopjet e këtij lloji, këndojnë në dy zëra.*

Po vazhdoja ta prisja. Sirenat vajtimtare, që s'po e pushonin kujën e tyre, më ndërmendën se diçka e keqe kishte ndodhur...

(X 4)

Fatale. Goditje fatale. Gjuajtje me silenciator. Direkt në zemër. Në zemër të katedrales një atentat tragjik. Lajmet e shpejta të televizioneve dhe zërat e lajmësve nguteshin ta transmetonin kush e kush më shpejt, duke i shtuar tragjizëm fals zërit të tyre. Lutje e prerë në mes. Jetë e prerë në mes. Ishte një prift që qëlloi. Prifti kishte kohë që priste rastin. Të dielave nuk kishte pasur asnjë mundësi. Kishte gjithmonë shumë njerëz në katedrale. Por ja, këtë ditë ishte koha e një pune të pastër. Ndodhi para mesdite. Ditë e premte. Nga ai çast nuk do të jetonte një njeri. Një burrë i rëndësishëm në jetën e dikujt. Që mund të bëhej i rëndësishëm edhe në jetën e shumëkujt. Të një vendi, mbase. Por tani ai nuk merrte frymë më.

Jo. Jo. Përgënjeshtruan lajmet pak më vonë. S'ishte prifti ai që e vrau. S'mund të ishte një prift. Pse duhet të vriste një prift në zemër të katedrales? Ishte gjuajtje me snajper nga dritarja e një ndërtese përballë. Ishin ca njerëz me pushtet. Me shumë pushtet dhe pará. Nuk ishte e diel, siç ai ishte mësuar here-herë të shkonte në meshë, pa i thënë askujt, dhe pas saj të ndizte gjithmonë tre qirinj. Kjo ishte e fshehta e tij. Të futej në katedrale pa rënë në sy, i zhveshur nga kostumi dhe kollarja, dhe të ndizte vetëm tre qirinj. Vetëm ai e dinte mirë pse ndizte gjithmonë tre qirinj dhe bënte përmes tyre tri lutje.

Dera e Zotit ishte e hapur për këdo dhe në çdo kohë. Por atë të premte, dera e Zotit do të mbyllej me dhunë nga policia, që mbërriti hiç më shumë sesa 15 minuta, pasi lajmi kishte marrë dhenë nëpër media. Sirenat pushtuan gjithë qytetin. Ai nuk ishte edhe aq në vëmendje të njerëzve këtyre viteve të fundit. Dukej krejt pak nëpër ekrane. Njerëzit kishin filluar ta harronin. E shihnin vetëm kur kujtohej ndonjë gazetar jo fort i njohur emisionesh pasditeje, t'i merrte ndonjë intervistë rastësore, për pyetje jo shumë të rëndësishme. Sepse kështu ishte e orientuar media: kur s'ishe më njeri i rëndësishëm, thjesht mund të vazhdoje edhe pak për inerci të famës së dikurshme, por me intervista të parëndësishme.

Ja, së fundmi e kishin pyetur se sa i rëndësishëm ishte telefoni celular në jetën e tij. Dhe, a e mendonte dot një ditë të jetës së tij pa telefonin e dorës? Por, edhe një përgjigje mbi pyetjet e rëndomta të kronikave, që duhet të mbushnin minutat para ose pas politikës, përgjigjet e tij dikë bezdisnin. "Zor është të kalohen ditët pa dashuri", - ishte përgjigjur. E komentuan gjatë përgjigjen e tij nëpër rrjetet sociale, se pesha e fjalës së tij ishte zhbërë, qysh se nuk fliste më për gjëra të vlera në publik. Po kush dreqin u thoshte këtyre njerëzve mendjeshkurtër se kishte gjë më të vlerë se dashuria? Ndaj, kur e përsëriti sërish fjalinë, një dhimbje iu end në fytyrë, duke i thelluar më shumë rrudhat në ballin e tij të gjerë.

"Pa dashurinë e Zotit, do të jetoja keq" - ja kështu e përfundoi intervistën e shkurtër, për pyetjen e shkurtër në dukje të parëndësishme, e cila, pas atentatit, pushtoi të gjitha televizionet. Ritransmetimit të asaj fjalie, iu shtuan fjalët se mbase ai kishte parandier diçka për komplotin që po i bëhej. Se në fytyrë i lexohej një lloj trishtimi dhe melankolie, që kurrë nuk i ishte parë në vitet e famës së tij; se kishte ndryshuar shumë. Madje, ishte bërë më i hijshëm, nga sa kish qenë vite më parë, kur ishte më i ri dhe i suksesshëm, shkroi dikush. Mos vallë e kish zbukuruar ajo dashuria, të cilën e përmendi shkurt? Apo, kur e ndien se janë çastet e fundit të shkëlqimit tënd mbi tokë, ndriçon po njësoj, si të ishe në qiell? Dashuria dhe vdekja të bëkan njësoj të bukur!

Katedralja u rrethua me shirita nga policia. Në një ditë ku nuk kishte asgjë për t'u kremtuar, sipas kalendarit, brenda saj nuk ishte kush tjetër përveç kujdestarit të qirinjve, që bënte edhe detyrën e portierit. Ai nuk ishte futur brenda në faltore. Vendi i këqyrjes së krimit ishte vetëm holli para podit të shërbesës dhe personi i vetëm që mund të thoshte diçka ishte roja. Hiri që mbulonte sipërfaqen e thellë në formë rrethi, ku besimtarët ndiznin qirinjtë dhe drejtonin lutjet e tyre për secilin qiri, ishte i përzierë me gjak. Në të ndodheshin vetëm tre qirinj. Dy prej tyre, të fikur, ende qëndronin të ngulur brenda hirit të gjakosur. Çuditërisht të fikur dhe të padjegur. Mbase stërkalat e gjakut mund të kishin rënë mbi fitilin e hollë, që përshkonte parafinën. Ndërsa i treti ishte djegur deri në fund. Një dëshirë e mbetur për t'u realizuar, edhe pse ai vdiq. Cila të kishte qenë dëshira e fundit? Nga leximi i këtyre detajeve, dilte se ai kishte pasur kohë t'i ndizte të tre qirinjtë. Pastaj kish ardhur goditja. Ndryshe, do të kishte rënë mbi rrethin ku ndodheshin qirinjtë e ndezur, dhe, përveçse i vrarë do të ishte edhe i djegur. Por, jo...

 Policinë nuk e lajmëroi shërbestari i qirinjve. Dhe pse ai e kishte parë dy herë brenda tetë minutave. Ose aq kohë i ishte dukur, si rrëfeu vetë kur e morën në pyetje: "Kur hyri në katedrale, më tha si nëpër dhëmbë ca fjalë përshëndetjeje. Mori tre qirinj, dhe hodhi lekët në arkën e drurit pranë tyre. Këtë bëjnë zakonisht të gjithë. Marrin aq qirinj, sa njerëz duan të kujtojnë, dhe sa dëshira duan të shprehin, dhe hedhin lekë për aq sa qirinj marrin. Sot ende nuk kishte ardhur kush. Ishte i pari. Ai hodhi ca monedha që kërcitën. Pastaj unë ika. E lashë vetëm. Pse e lashë vetëm? Po kjo është kishë. Çdokush që hyn brenda e ka shtëpinë e tij. Besimtari që vjen në shtëpinë e Zotit ka nevojë t'i lutet vetë Zotit në heshtje, pa praninë e kujt tjetër. Ndaj ia ktheva shpinën dhe shkova të rregulloja ca gazeta e njoftime për kalendarin fetar të muajit. Njerëzve në shtëpinë e Zotit u duhet dhënë besim. Çdokujt. Unë e ndjeva se donte të rrinte pak më gjatë dhe vetëm. Pastaj nuk e pashë më. Mendova se do ishte futur brenda për t'u lutur. Dhe u mora sërish ca çaste me nuk e di se çfarë. Me xhamin e një ikone, më duket, a me ca lule të thara poshtë saj. E pashë përtokë. Nuk pashë asnjë njeri tjetër. Por as zhurmë nuk ndjeva. Pse nuk njoftova menjëherë? Po unë menjëherë njoftova. Ah, jo policinë! Jo, jo. Unë për çdo gjë, nuk duhet të njoftoj askënd tjetër së pari, përveç kryepriftit. Pastaj, ai e di vetë se ç'bën. Ta thërras dhe kryepriftin që njoftova? Po. Ja. Tani".

Kryepriftit, kur po e pyesnin, bashkë me zërin, i dridhej edhe cepi i buzëve, herë-herë edhe qerpikët: "Mua më njoftuan për të ndjerin. Jo. As unë nuk e njoftova policinë. Unë njoftova dikë tjetër. Dikë, para së cilit jam përgjegjës për çdo gjë që ndodh në kishë. Të më merrni dhe mua për dëshmitar? Po do vij, sapo të njoftoj. Ne s'mund të dalim nga kisha pa njoftuar. Shteti? Na kërkon shteti? Po. Por, për mua, Zoti është më i rëndësishëm se shteti. Të marr një avokat?! Pse? Se mund të pendohem për fjalët e thëna? Pendimi është hyjnor. Të ndjerin do ta çojnë në morg? Po, ai është në shtëpinë e Zotit. Duhet të dalë si i krishterë që këtu. Pasi t'i bëhen shërbimet. Vdekja e afron me dashurinë. Më dashurinë e madhe të zemrës së tij. Me Zotin. Nga i di unë këto për të ndjerin? Po zemra e besimtarit është si qiell i kthjellët. Ai beson. Si besuaka, kur nuk jeton më? Pra... Po, po. Unë nuk flas dot në të shkuarën. Ai është këtu. Duhet të shkoj njëherë, t'i mbyll sytë, pastaj po vij me ju. Nuk duhet ta prek? Ka dhënë shpirt në shtëpinë time. Ti je polic, por je edhe malësor, dukesh. Ç'do bënte yt gjysh, a baba, po t'i kishin vrarë mikun në derë të shtëpisë së tij? Gjaku nuk shkon hup. Si e paske harruar kaq shpejt?!".

Kryeprifti dhe një shërbestar i kishës në një makinë policie u nisën drejt hetuesisë. Një njeri, dikur jo pak i rëndësishëm për këtë vend me memorie jetëshkurtër, u nis me ambulancë drejt morgut. Sirenat nisën startin e britmave të tyre ogurzeza që nga oborri i katedrales, për të çarë mes për mes qytetin dhe qetësinë e tij në të dyja drejtimet. Nga lindja dhe nga perëndimi.

Njoftimet që vinin nga shtypi dhe portalet ishin sërish të frikshme. Shërbestari, thanë lajmet, pësoi atak kardiak rrugës për në polici. Zoti pastë mëshirë për të!

DETE, LIQENE, LUMENJ

(X 1)

Që në fillim e ndjeva se kjo histori do të kishte shumë pamundësi brenda saj. Herë-herë më bëhej se ai nuk i përkiste realitetit aty, por, si Kostandini i baladës, kishte ardhur nga përtejmalet sa të përmbushte një amanet dhe të shkonte sërish. Amanetin, se duhet patjetër ta jetonte edhe një dashuri të fundit, që ta merrte me vete në amshim. A nuk ishte herët për një burrë në atë moshë të përmendte fjalën e fundit si të parë? Jo, nga fundi drejt fillimit po shkojnë gjërat e mia, tha, dhe shtoi se mund të më donte edhe në heshtje, pa më pasur. Të duash në heshtje? Po, ç'vlerë do të kishte kjo?

Mes fjalëve të tij dhe dyshimeve të mia nuk kishte asnjë lidhje. Mes tyre ishte ajo shtëllunga e madhe e tymit, që i dilte nga goja kur ndizte ndonjë cigare, si për t'u dhënë përgjigje po përmes mjegullës dhe tymit të gjitha pseve, edhe atëherë kur ndieja nevojën e ndonjë çasti shpjegues. Kur donte vetë të kumtonte diçka, më shikonte drejt e në sy, dhe më dukej se ai zhbirim përpirës më shkonte thellë drejt e në shpirt. Pastaj, kur rrëfimi i ndërlikohej nga përshkrime ndjesish të tjera, që s'kishin të bënin me atë që na lidhte bashkë, por me gjërat që ai ende s'mund t'i thoshte dot, s'më shikonte fare, por fliste gjëra të parëndësishme dhe sytë i përqendronte në një kënd të pjerrët me drejtimin normal të shikimit. Nuk kishte shumë vite mbi mua, dhe jetonte ditët e një mesoburri paksa të dembelosur në dukje, edhe pse ia ndieja forcën, që nuk e rrëfente me energji lëvizjesh, veprimesh a premtimesh, siç bëjnë të dashuruarit rishtarë. "Për ty, falënderoj Zotin që je! Dhe e lus të jesh mirë. Këtë e bëj çdo mëngjes, kur hap sytë, dhe çdo mbrëmje para se t'i mbyll." Pasi i dëgjoja këto fjalë, ndihesha e vockël krejt pastaj bashkë me psetë e mia dyshuese dhe bezdisëse. Më vinte turp nga vetja për çka mendoja gjatë gjithë kohës gati si në paranojë, kur ai zhdukej në vetminë e tij. Edhe pse s'më jepte kurrë shpjegime, kisha ndjesinë se atë e mundonte diçka e madhe. Kishte frikë? Po nga kush? Ç'e detyronte një burrë si ai, elegant në sjellje, t'i merrte pothuajse i vetëm vendimet për ne të dy? Si të m'i kuptonte dilemat e brendshme, njëherë më tha: "Mua më duket sikur ti i din të gjitha". E unë, në fakt, nuk dija asgjë. Asgjë. Natën endja pa fund pyetjet që më torturonin dhe nuk më linin të shijoja të plotë asgjë, ndërsa ditën të gjitha pyetjet më shndërroheshin në çaste torturuese. Dukej sikur nuk kishte shumë interes për dukjen time. Vërtet ishte kaq i pavëmendshëm dhe i dukej gjë e parëndësishme, edhe pse doja shpesh të bëhesha e bukur për të? Kisha dëshirë të shihja reagimin e tij. Pse duhet të hiqja dorë nga të gjitha gjërat që mbushin botën e një gruaje? Kisha hequr dorë nga shumë prej tyre, por kjo nuk më shqetësonte. E kisha gjetur një rrugë për të jetuar edhe trillet e mia. Ato koketeri, nga të cilat gratë nuk heqin dorë kollaj, sado të mençura të jenë. Duhet t'i kisha mendimet të lexueshme, se tek po ndaheshim më tha:

— Mezi po pres të shkojmë tek ai vendi buzë ujit, të ndaj me ty diçka të rëndësishme... shumë të rëndësishme...

Për ta çuar më tej guximin e dëshirës së tij, përmes guximit të vështrimit tim ndjellës, sërish në linjën naive që mendojnë së pari të gjitha gratë, e pyeta:

— Ke ndonjë dëshirë, si duhet të vishem?

Natyrisht që një pyetje si kjo e çuditi shumë. Gjithsesi, pas hutimit të parë, nuk hezitoi të më përgjigjet.

— Po ja, - e nisi fjalinë fillimisht me mërmërimë, pastaj zëri i mori forcë, si duket nga ndonjë forcë tjetër, që vë në lëvizje mekanizmin krejt unik të të menduarit të burrit në atë drejtim, që ne gratë dimë si ta ndjellim: - Ti ke një fustan të bardhë. S'di pse, por atë kam dashur gjithmonë të ta gris... e pastaj...

Intuita ishte arma më e fuqishme që kishte ky burrë kur më fliste. Si mbaroi ato pak fjalë, sytë tanë u ndeshën për të parë vetëm një dritë, atë që sikur ia ndryshoi ngjyrën qiellit. Doja t'i bëja me dhjetëra pyetje. Që kishin lidhje sërish me gjëra të vogla organizimi në dukje. Nëse udhëtimi do të zgjaste më shumë se një ditë. Nëse...? Nëse...? Nëse...? Të gjitha këto pyetje ia bëra vetëm vetes dhe përgjigjet i dhashë po vetë. S'kisha fare mundësi të mos t'i jepesha ndjesisë, dhe pse e dija se shumë gjëra do të më ngeleshin të paplotësuara nga kjo lidhje. Bota e vockël që ekziston brenda gruas nuk përtypej aq kollaj nga nofullat e tij, të stërvitura ato kohë për të bluar kushedi se çfarë realitetesh. Unë nuk arrija ta kuptoja sa duhet dhe shpirti im i aventurës s'po gjente sintoni, tek e shihja gjithmonë në paqen dhe lëvizjet e tij të ngadalta. Atëherë, pse rrija me të? Nuk mund ta thosha dot. Më vinte herë-herë turp edhe ta çoja nëpër mend arsyen. Por ashtu ishte e vërteta: ai më kujtonte disi time gjyshe, malli për të cilën shpeshherë më mbyste. Kur niste të më thoshte diçka, si ime gjyshe, fillimisht më shikonte me sytë që i ndriçonin, pastaj drita dalëngadalë i fikej, sa herë shihte rreth e rrotull, me kujdesin se nuk duhet ta dëgjonte kush tjetër e mundësisht as mos e shihte kush tjetër. Dukej se kishte frikë ta shfaqte lumturinë. Se, mbase, po ta hetonin, nuk do ta lejonin të ndihej ashtu. Edhe kur më puthte, nuk i mbyllte kurrë sytë, por i mbante hapur si në përgjim të diçkaje

- Ç'të solli ty tek unë? - e pyeta.
- Emri.

— Prandaj ma thërret ndonjëherë edhe pa arsye.

— Ka gjithmonë një arsye. Herë-herë ka edhe më shumë se një.

— Emri im është më i përhapuri ndër gratë e kësaj bote.

— Po ti ke emrin e një gruaje jo si të tjerat; të njeriut, që kam dashur më shumë në këtë jetë.

— Ti, për forcë zakoni, vazhdon të duash gra me të njëjtin emër?

A duhet të gëzohesha nga ato që po dëgjoja? Jo. Do të doja të më thoshte të tjera gjëra. Por ai i tha mes shumë mundimesh ato fjalë, si të ndante një dhimbje të madhe të tijën. E, kur foli, m'u duk se sytë iu veshën nga perde lotësh.

— Pra, ne kërkojmë te njëri-tjetri projeksionet e dashurive tona të hershme? Ai u çudit nga pyetja ime. Mbase kuptoi se edhe unë shihja dikënd tek ai. Por, në rastin tim nuk ishte një mashkull, e aq më pak me të njëjtin emër si ai.

— Ndoshta ke te drejtë. Mund të jetë dhe kjo që ti thua një arsye, por jo e vetmja. — Kaq më tha. Pa emocion. Thatë e prerë. Dhe s'më bëri asnjë pyetje të vetme. Asnjë. Dhimbja që po ndieja ishte më e madhe se hareja e udhëtimit të nesërm. Si dukej, unë këtë po kërkoja: dhimbjen e madhe që ndoshta vetëm një pamundësi e madhe ta jep.

(X 2)

"*S'i kisha më shumë se 17 vjet. Isha e bukur, thonë, dhe mbaja emrin e stërgjyshes. Gratë e jugut mbanin emra perëndish dhe shenjtoresh. Turku nuk kishte mundur të bënte dot vend viseve tona e as të na i ndërronte emrat dhe gjuhën.*

U ngrita si çdo ditë, pa gdhirë. Motrat i lashë në gjumë. Ishin të vogla. Duhej të nxirrja dhitë në kullotë. Dielli i sapolindur nga maja e malit të Çikës ende nuk dukej mbi det. Mbi të binte e zbehtë hëna. Kishte mëngjese që i shihja të dy bashkë, edhe diellin, edhe hënën. Toka lëshonte erë sherbele dhe rigoni. Dhitë i njihnin vetë shtigjet e kullotës. Ndërsa unë zija cak buzë pishave dhe fërkoja duart me rigon mali, i vetmi parfum natyror i asaj kohe. Era e detit përhapte gjithkund aromën e luleve të limonit. Sytë kënaqeshin në hapësirën blu përballë pishash. Sa herë rrija ashtu ulur a shtrirë, më kujtohej një këngë, ndër të vetmet që mbaja mend të këndohej edhe nëpër gëzime. Sepse më shumë dëgjoheshin britmat e vjatojcës së fshatit; që ia fillonte vajit, kur kishte mort, nga maja e një shkëmbi, e ajri e përhapte aq sa të dëgjohej kuja në çdo shtëpi majë shkëmbinjve të tjerë. Por atë këngë e kisha ndër veshë, dhe sa herë ashtu, kur vështrimi më paqtohej mbi livadhet buzë detit, e këndoja si nën buzë: "Pranvera po vjen...". Edhe pse këndohej nëpër gëzime, gëzimi nuk ia zinte vendin krejt dhimbjes, sepse vargu më i përsëritur i këngës ishte vajtim për fatin e vajzës që "pret, e mjera, pret"... ashtu isha dhe unë: një vajzë e mjerë, që prisja gjëmën time. Ishte kohë lufte. Atyre shtigjeve kishin filluar të kalonin komitë, por edhe ushtarë të huaj. Dhe dikush prej tyre ma bëri gjëmën. Kur u err e dhitë u kthyen, isha e mbuluar në gjak. Deti ishte larg, shihej vetëm dielli që varej mbi të si portokall i shtrydhur. Edhe unë përpëlitesha me shpirt të shtrydhur. Humba ndjenjat dhe s'u ktheva dot në shtëpi; më gjetën dy burra, që nuk i kisha parë kurrë, me mbuluan me batanije, më hipën në një kalë, më çuan në një fshat tjetër disa male larg dhe më futën në një ahur të gurtë, disa metra larg një shtëpie të rrethuar me qiparisa. Isha vajzë e përdhunuar. Kanuni i Labërisë ishte i pamëshirshëm në këso rastesh. Nuk duhet të jetoja më, sepse fshati nuk mund të rronte me turpin e çnderimit para sysh. Askush nuk do të donte të martohej me mua. Duhet të më vrisnin. Kush do më vriste? Si do më vrisnin? Me plumb pushke? E lusja Zotin të më fusnin në një thes me gurë nga ata të malit të Çikës e të më hidhnin në detin tim. Mbi *shkëmbinjtë e të cilit nuk e dija se paskësha pritur bashkë me çnderimin edhe vdekjen.*

Në fillim të shtegut për aty, vendin e ruante dikush me pushkë. Askush nuk më foli fare. I mora me mend vetë ngjarjet. Nuk do të më vrisnin. Do të më linin aty derisa të gjendej mundësia të më degdisnin kushedi se ku.

Misërniken ma hidhnin nga dritarja e po ashtu qypin e ujit e varnin në një litar dhe e ngrinin po me litar. Përtokë ishte një dyshek me kashtë e sipër tij një velenxë më lesh dhie, që më shponte e ma shtonte edhe më shumë sikletin. S'mund të flija as natë e as ditë. Koha e kishte humbur kuptimin. Më merrte malli për motrat, për vëllezërit, për nënën. Ku ishin? Pse nuk vinin të më shihnin? Si do ta duronin zhdukjen time? Nuk e dija më se kur ishte ditë dhe kur ishte natë... dhe as nuk e dalloja dot dhimbjen e trupit nga ajo e zemrës. Një ditë që më nxorën nga ajo binsë...; nuk duhet të kisha ndenjur shumë atje brenda, edhe pse m'u duk sikur ishte një jetë e tërë. Dy burra të tjerë më larguan prej aty, më hipën mbi gomar dhe kafsha mori rrugën e qafës së Vishës përpjetë. Nuk folën as edhe një fjalë të vetme me mua. Njëri nga ata përmendi emrin e babait. U drodha. E kuptova se nuk do t'i shihja më kurrë njerëzit e mi. As nënën, as babanë, as vëllezërit e as motrat. Më vinte ndër mend fati i vajzës së valëve, si të ish fati im, i kënduar në atë këngë: 'Tjetër botë më pret e mjera, tjetër botë më pret'. Pas orësh e orësh udhëtimi mbërritëm në qytet. Isha e rraskapitur. Pse nuk më futën në thes e të më hidhnin më mirë në det? Ishin kohë të trazuara, kohë luftërash. Më çuan në shtëpinë e një doktori... sytë e mi nuk kishin parë kurrë të tillë shtëpi. As në ëndrra. Kati i parë ishte shtruar me pllaka të bukura me ngjyra, që dukeshin si peizazhet e vjeshtës mbi det. Pastaj ca shkallë druri në ngjyrë të errët të ngjisnin në katin e dytë. Të gjitha dyert, që zonja e shtëpisë u thoshte "studio", ishin të mbyllura. Në hollin e katit të dytë ishte një tavolinë prej druri arre, e madhe, sa mund të flinin mbi të katër veta lirshëm. Aty shtrohej dreka. Trapezaria, i thoshin, dhe në qoshe të hollit një shkallare e ngushtë të çonte në baxhë. Aty ishte një kthinë me krevat e dyshek, me jastëk e batanije të butë. Aty do flija unë, siç më tha zonja. Do kujdesesha për pastrimin e shtëpisë. Në baxhë ishte një dritare e vogël, përballë saj shihja kambanoren e një kishe. Ishte ndryshe nga kisha e vogël e fshatit tim. Ndërtesa ishte e madhe dhe me dritare të larta shumë e me harqe. Zonja e shtëpisë më tha se ajo ishte kishë katolike dhe se ishte ndërtuar aty në fillim të viteve 1900. Nga dritarja e vetme e baxhës shpesh shihja në oborrin e kishës ca vajza të reja sa unë, me shami të zezë e mbi të një shami të bardhë borë në kokë, me fustane të gjata, deri në fund të këmbëve, përfund të cilit iu shiheshin këmbët e zbathura në sandale.

Zonja e shtëpisë më tha se ishin murgesha, se kishin vendosur të mos martoheshin kurrë, se rrinin aty me njëra-tjetrën dhe i shërbenin Zotit të tyre. Në atë gjendje që isha, i lakmoja shumë dhe shpesh mendoja sesi mund të bëhesha dhe unë si ato.

Më duhet të ngrihesha shumë herët e të filloja punët e pastrimit të asaj shtëpie të madhe. Dhe që në pikë të mëngjesit, pasi zotërinjtë, babai mjek dhe i biri avokat, e kishin pirë kafen, aty vinin shumë njerëz. Zonja e fliste edhe gjuhën time. Të zotët e shtëpisë, po ashtu. Të parët e tyre, si më tha zonja, në fillim kishin ndenjur një fshat aty afër buzë detit, pasi kishin ardhur shumë e shumë vjet më parë nga Greqia. Ishin njerëz të shkolluar, por edhe të mirë, se u ndihmonin edhe të varfërve. Mua s'më mungonte asgjë, por shtëpinë e tyre e laja me lot. Më mungonin njerëzit e mi, shtëpia ime, deti dhe shkëmbinjtë me aromë rigoni dhe sherbele. 'Harroji njëherë e mirë, atje ti mund të shkosh veçse e vdekur', - më tha zonja e shtëpisë. Dikur, nga lotët e mi, zemra iu thye dhe falë saj, a mbase njohjeve të zotërisë, fati im ndryshoi, kur më dërguan në një qytet të largët, në një kishë të vogël, buzë një liqeni. Por pesha e kryqit nuk m'u hoq nga shpina kurrë; as gjyshit tënd, që e vranë dy vjet pasi u bëmë me djalë; as babait tënd, që e torturuan burgjeve dhe internimeve. E kushedi, s'do të të hiqet as ty, more bir, edhe pse duket sikur kohët kanë ndryshuar."

Këtë rrëfimin të sime gjysheje po ta besoj ty, pikërisht në këtë vend, ku e solla për t'i plotësuar dëshirën e fundit, t'i mbyllte sytë në këtë vend mbi det, ku kishte varret e njerëzve të saj, nga të cilët u nda së gjalli e nuk i pa më kurrë. Këto fjalë ai m'i tha me zë disi të mekur, dhe pastaj thirri emrin tim. Në fakt jo, nuk më thirri mua, se nuk më pa këtë herë në sy. Atëherë e besova se ishte vërtet emri i asaj gruaje, që e kish sjellë së pari tek unë.

(X3)

Asaj pasditeje të nxehtë temperaturat dukeshin edhe më të larta nga nxehtësia e mallit. Sa vinte e premtja kujtimet merrnin udhë pa më pyetur, drejt gjithë çasteve tona të përbashkëta. Dhe duket sikur ma merrnin frymën. Ai ishte pjesë e jetës sime të djeshme. Dhe të sotmen pa të nuk po mund ta pranoja dot. Por, janë ca çaste kur e djeshmja dhe e tashmja bëhen bashkë. Pandashëm bashkë. Përjetësisht bashkë. Sidomos të premteve, në kujtimet e atyre çasteve të bukura. Pa pasur asnjë mundësi t'i ndaloj, veçse t'u lë udhë të lirë, ato më rrëmbejnë si të duan, më çojnë ku të duan, në të gjitha ndjesitë e përjetuara së bashku, në të gjitha vendet e mbushura me frymët dhe trupat tanë. Ndaj thashë të nisem, si çdo të premte, drejt udhës së liqenit, që na identifikoi ca kohë me të gjitha imtësitë dashurore dhe instiktive. Të lira, krejtësisht të lira. Siç është njeriu, i vetëm me natyrën. Bëra gati shpejt e shpejt ca rroba dhe i futa në çantën e shpinës. Portofoli me disqet e muzikës sonë ka ngelur si qenie e pajetë në sedijen mbrapa. Gjatë rrugëtimeve të fundjavës isha gjithmonë pasagjerja e bindur, dhe merrja përsipër disa detyra krejt të thjeshta. Kujdesesha për termoset me kafe dhe për muzikën. Tani është krejt ndryshe, mendova, teksa po bëja gati çantën. U futa brenda dhe vura rripin e sigurimit. Pastaj vendosa diskun e parë që më zuri dora. Ishte ajo, kënga jonë... në fillim nisa të këndoj me zë të lartë, ashtu si bënim kur ishim bashkë. Sa e pashmangshme është rutina! Kur u kthjella se ai nuk ishe më aty dhe po këndoja vetëm unë në zë të parë, a mbase dhe të dytë, hareja m'u shua e ca lot më rrodhën përgjatë faqeve. Nuk isha më e vëmendshme ndaj melodisë, por ndaj fjalëve të këngës, që më kujtonin çdo çast se isha vetëm.

Atë të premte fytyra ime ishte si fytyra e çdo qenieje të vetmuar. Udha që po bëja i ngjante kalvarit të mundimeve, për të marrë peshën e kryqit tim mbi shpinë. A nuk mund ta përmbushja dhe unë shëlbimin tim në një mënyrë më pak të dhimbshme se kjo? Isha krejt vetëm me përjetimet e të djeshmes. Këtë fakt, më shumë se sa ta arsyetoja, duhet ta pranoja gjendjen e re.

Kur mbërrita, ajri s'po më mjaftonte. Ishte vërtet shumë nxehtë. Në një ditë të tillë, kur tëmthat zhurmonin si gjinkallat në zheg, këmbët më ndalën buzë gjolit. Gati po mbytesha. Aty doja të bërtisja si Krishti në atë të Premte të zezë. "Zot, pse më lëshon nga dora?!" Po e ndieja fundin, dhe ky ish fillimi i një psalmi kur trupi e shpirti ishin nën peshën e provës së skëterrës. Zoti po heshtte. Natyra po ashtu. Asnjë gjethe nuk lëvizte nga pemët. As uji. Ç'është kjo natyrë kështu statike sot? Kisha ardhur këtu se mos ajo mund të m'i rikthente dëshirat e platitura. Perëndia e erës dhe e ujit duhet t'i kishte dëgjuar lutjet e mia. Mora një rasë guri të sheshtë dhe i dhashë hark krahut drejt ujit, për të bërë "petullushka", siç iu thoshim në fëmijëri. Uji u zhvendos dhe u hap rrathë-rrathë të vegjël, duke u zmadhuar nga qendra drejt sipërfaqes. Kjo ishte lojë e bukur, për t'iu gëzuar vetmisë. Gjeratoret po më ndillnin, dhe si e përhënur nisa të heq rrobat një e nga një, duke iu dhënë krah përmes ajrit drejt pemës përballë. Edhe ajri vibroi. Mbërrita kështu të zhvendos disi edhe ujin, edhe ajrin. Isha e zhveshur krejt lakuriq. As me mendje e as pa mendje në kokë. Sa shumë e dëshiroja praninë e ndonjë personazhi rrëfenjash mitologjike ato çaste; ndonjë driadë nga pema apo ndonjë gërzhetë nga uji. Është shkruar aq shumë për ato qenie imagjinare, të mbrujtura me hijeshi, sa e besoja që patjetër ende duhet të jetonin diku të fshehura! Bota ku gjalloj në realitet është e mbushur me qenie të shfytyruara, të eksituara nga një lloj tjetër dashurie (jo nga ajo e bukura, që ringjall shpirtin, jetën dhe natyrën), pa zana e shtojzovalle, pa nimfa e perëndesha të zbukuruara me lule, por me demonë vrasës, me circe dhe magjistrica helmuese. Dashuria për ato qenie gjysmë-reale dhe gjysmë-imagjinare ma ka zbukuruar gjithmonë botën time... Ndaj krejt lakuriq vendosa t'i jepem magjisë së ujit, i cili po më tërhiqte brenda tij. Futem dhe kridhem e gjitha. Asnjëherë nuk e kam provuar më parë këtë ndjesi lehtësie në trup dhe në shpirt. Asnjë mendim s'ma trazon paqen aty brenda. I asnjë lloji. Pak gjëra në jetë të japin një ndjesi të ngjashme me lakuriqësinë brenda ujit. Trupi rrëshqet si mëndafshi. Dhe është i lirë. Kjo liri e mëndafshtë të bën të dëshiruar dhe të ndihesh në një mënyrë krejt eterike. Uji vibron mbi poret e lëkurës dhe bashkë me tingujt që nxjerr kënaqësia, kjo është muzika më e mrekullueshme, që qenia mund të dëgjojë prej vetes dhe ta përjetojë me shqisa. Ndjesi, jo vetëm erotike, por disi edhe mistike: "Gërzheeetë, moj gërzheeetëzë!" - thërras pastaj me sa fuqi ka dëshira ime e ndezur. Tëmthat i kam ende si ndër ethe shtërzimi, kur nga qendra e gjeratores më bëhet se del gërzheta e bukur dhe më rrëmben për dore në vallen e saj buzë gjolit. Flokët e artë i valëvitën, sa lëvizin edhe gjethet e pemëve. Mos është ëndërr? Sytë i kam të hapur. E shoh mesmënjollë tek i afrohet bregut; vë buzët e trëndafilta në syprinë të gjolit dhe këndon. Zhaurima e ujit dhe fëshfëritja e gjetheve ia tejçojnë zërin gjithkund. Pastaj, ashtu, veshur me petka të praruara, del në diell dhe më grish të këndoj këngën e saj. E ndiej veten duke kënduar a vargëzuar një këngë të vjetër, në gjuhën e saj, në gjuhën e zanave. Pastaj gërzheta zhduket. Magjia mbaron. Më duhet të dal nga uji dhe të vishem. Bashkë me rrobat që flaka në një çast dalldie, duhet të vesh një e nga një të gjitha, që aty brenda ujit nuk më duheshin fare: mendimet, dijen, moralin, mallin për të, edhe dhimbjen...

    Nuk është dhimbje, kur Zoti i dashurisë hesht, por kur ai të lëshon nga dora, mendova dhe pashë duart e mia bosh, të lagura, dhe të regjura nga uji.

(X4)

Rrugën e kthimit po e bëja në këmbë duke u kalamendur, pa përfillur rrezikun që mund të më vinte prej makinave apo edhe atyre prej meje. Një shofer, që më kaloi fare pranë, duke devijuar me shpejtësi harkun e krijuar nga marramendja dhe këmbët e mia diç shau, por s'e kuptova mirë nga përzierja e zërit të fortë me frenimin e beftë. Kur u përmenda disi, nga dritarja tjetër e makinës një zë gruaje, mes pashpjegimit të zemërimit dhe keqardhjes njëherësh, më bërtiti: "Në do të vdesësh, hidhu nga ura më mirë! Jo në rrugë. Mbi rrugë merr në qafë edhe të tjerët". Së brendshmi isha gati e vdekur. Zemra dukej se më rrihte tjetërkund dhe kraharori s'ishte më vend-mbajtësi i saj. Ishte thjesht një bosh i madh që uturinte i fikur, edhe ai, njësoj rrufeshëm, tmerrësisht shpejt, si makina para meje. Fikje, pothuaj tragjike. Edhe pse në këtë gjendje, asnjëherë nuk më kishte shkuar ndër mend të vdisja. E ja, vjen një grua, që më thotë se duhet t'i jap fund. Më tregon, madje, si dhe ku? Si ndodh që hyjnë të panjohurit kaq thellë në jetën tonë? Janë shpesh ata që në çaste të rëndësishme na thonë ç'duhet të bëjmë me jetën. Ata që i kemi afër, na e bëjnë jetën krejt rrëmujë. Ndaj futen, rastësisht, rastësorët. Si shpëtim, si zgjidhje, si ngushëllim, si tjetërsim. Si ndryshim i jetës; ndonjëherë edhe si fund i saj.

Gjendesha në mes të urës, duke pohuar apo kundërshtuar me mend, sipas rastit, mendimet e mia. Nuk vura re fare që shkela një lypës, banor i përhershëm i mbiurës, i cili po më kërkonte lëmoshë, ndërsa Zotit po i lutej të m'i shtonte ditët. Por, sapo ndjeu dhimbjen në këmbën e cunguar, apo maskuar si të tillë, më mallkoi: "Vdeksh! Të marrtë lumi, më mirë!". Nuk pipëtiva fare. Ishte faji im. Në çastet që ai kishte nevojë për ndihmë, i shkaktova dhimbje. Jo vetëm që nuk e ndihmova, por... Apo, ndoshta e ndihmova? Përveç fjalëve të thëna shtirur në fillim, i dhashë mundësinë të thotë diçka, nga ç'mendoi vërtet atë çast. Kjo nuk ndodh shpesh. Jo gjithmonë na e japin mundësinë të themi atë që duam. Nevoja që kemi ndonjëherë, na detyron të fusim në lojë edhe vetë Zotin. Ndaj dhe gjymtohemi. Gjymtimin e shesim pastaj, për të fituar sërish, ose për të humbur sërish. Krejt njësoj është.

Nuk ka faj, mendova. Por, ishte pa dashje. Mua më shkaktuan dhimbje më të madhe se kaq. Me dashje. Vazhdova udhën time, duke menduar se në një qytet të madh si ky, edhe kur je krejt vetëm, është e pamundur të ndihesh e huaj. Rrugët janë të mbushura plot me njerëz, të të gjitha moshave dhe të gjitha kombësive. Po të të shkrepet të bërtasësh në gjuhën tënde, në sheshin e qendrës, me siguri do të të përgjigjen dy apo tre veta. Dyqanet reklamojnë mallra, që sytë t'i shohin në çdo vend, edhe restorantet kanë gjellë, që i gjen kudo të jesh, mjafton t'i porositësh. Por kur je e huaj, kur ndihesh e tillë, ideja më e mirë është një shëtitje, që të mund të miqësohesh jo vetëm me vendin, por edhe me ditën tënde. Përveç dyqaneve të firmave të pëlqyera, apo restoranteve me kuzhinë të pëlqyer, të parat vende që ke qejf të shkelësh, për të gjetur sy të njohur apo miqësorë, janë parqet, e sidomos ato që shtrihen buzë ndonjë lumi. Uji të bën të ndihesh mirë. Ai është kudo njësoj, ose pothuaj njësoj. Dhe sa herë e sheh gjatë, duket sikur ai komunikon me ty. Të thotë diçka me patjetër. Pasi kisha ecur gjatë, pa u vënë re, por edhe pa vënë re ndonjë fytyrë të njohur, u ktheva me shpresën e shuar të pamundësisë së komunikimit me ndokënd, përveçse me ujin e lumit të madh.

 E dëshpëruar, se do ta mbyllja ditën nën shoqërinë e vetmisë, u ndala në qoshen e urës të sodisja disa piktura. Vazo lulesh, qypa, natyrë e qetë dhe një portret. I vizatuar me ngjyra të zbehta. Shumë të zbehta. Gati të vdekura. Gri e zbehtë, e bardhë e ndytë, me dritë-hije. Prej syve gati të fikur të portretit derdhej njëherësh shumë dëshirë për jetën, shumë dritë. Sakaq, nga ana tjetër e urës, piktori a shitësi i atyre pamjeve vjen me vrap drejt meje, gati duke iu marrë fryma, dhe më thotë: "Shërbim i përkryer këtu, zonjë. Do të ngeleni shumë e kënaqur. Për shumë pak lekë dhe në shumë pak kohë do të keni në duar portretin tuaj". Unë hutohem paksa, për të kuptuar më mirë lumin e fjalëve, derdhur rrëmbyeshëm vetëm në ca sekonda. Ai vazhdon: "Një kujtim. Kujtim i paharruar prej këtij qyteti të magjishëm. Mund t'ia falni kujt të doni. Madje, nëse kjo është një ditë e veçantë për ju, vlera...". Fjala i tretet në fyt, kushedi nga ngërçi i pashprehjes së fytyrës sime.

"Jo, kjo nuk është aspak një ditë e veçantë për mua, që ta përjetësoj", - i them dhe largohem, me sytë e portretit të ngulur thellë në sytë e mendjes. Ata sy më shoqëruan nja dhjetë hapa, dhe aq fort kisha dëshirë t'i rishihja, sa u ktheva përsëri mbrapsht. Sa shumë i ngjante! Po ai shkëlqim verbues trishtimi dhe jo gëzimi në sy. Krejtësisht i njëjtë, me herën e fundit që u pamë.

Njeriu, duke kujtuar se më ndërroi mendja, u turr edhe një herë drejt meje, duke përsëritur fjalët klishe: "Urdhëroni zonjë. Me shumë pak lekë dhe në shumë pak kohë, do ta keni në dorë portretin tuaj".

"Për sa kohë dhe për sa lekë do të më lejoni ta sodis e qetë këtë portret, pa më shqetësuar", - i them, duke treguar me dorë nga portreti i zvetënuar, varur pas parmakut të urës.

Fytyra e tij, e gjitha merr formën e çudisë. Duke iu marrë goja belbëzon:

"Këtë nuk e kam dëgjuar kurrë. Unë lekë dua, por nuk di ç'të them. Mirë, më jepni sa të doni dhe shiheni sa të doni", - tha duke u larguar, pasi mori lekët, pa m'i ndarë sytë dyshues.

Unë ngela vetëm me mendimet e mia dhe portretin. Më dukej shumë i afërt. M'u bë një çast sikur, tamam ata sy që i njihja mirë, po i kërkoja sot gjatë gjithë ditës në kalamendën time rrugëve, gjersa përfundova këtu. Një copë karton me ngjyra të zbehta qe i vetmi sot, që mundi t'i heqë zbehtësinë ditës sime. Duke pyetur veten, pse më dukej aq çuditërisht e afërt gjithë ç'derdhnin ngjyrat e pangjyra, trishtimi im filloi të derdhej në forma të reja, të panjohura më parë, me gëzim përzier. Materia pa jetë po derdhte mbi mua grimca jete. Një zë brenda meje dukej sikur bërtiste mbytur "i gjeta!". Nuk e di sa kohë kalova e vetme mbi urë, duke mos u ndier e vetme.

"Këtë dua", - bërtita padashur me zë të lartë. Njeriu nga krahu tjetër i rrugës u turr përsëri me vrap, i grishur nga zëri im, dhe vazhdoi të fliste pa pushuar:

"E dija, që do të ndërronit mendje. Do të ngeleni shumë e kënaqur. Do t'ju bëj një portret të paharruar. E prej tij ndoshta do t'ju ngelet e paharruar edhe kjo ditë. Dhe...".

Nuk po dëgjoja fare se ç'po më thoshte, dhe mendja po më punonte te vendimi që kisha marrë.

"Nuk dua të bëni portretin tim, dua të blej këtë këtu."

Burri u shtang dhe po më shihte me sy më shumë se të habitur. Goja filloi t'i merrej gjithnjë e më shumë, derisa nga lumi i fjalëve që qe mësuar të derdhte, nuk mundi as të belbëzojë. Duart rrasur gjer në fund të xhepave, si ankthin e atyre çasteve gjer në fund të shpirtit, i nxori duke iu dridhur, e drejtoi të djathtën drejt tablove të tjera, dhe po me zë të dridhur, më thotë:

"Ato të tjerat mund t'i blini. Këtë, jo. Kjo nuk shitet".

Trashëgoja një trill qysh nga fëmijëria, kur më mbushej mendja t'i dhuroja vetes diçka, patjetër ia mbërrija. Përdorja çdo gjë që ma merrte mendja. Ndaj llogaris me mend shumën e parave që do të mund ta joshte, dhe ia drejtoj.

Burri më sheh edhe më i hutuar se më parë. Bën një hap drejt meje, pastaj çuditshëm zmbrapset dy hapa me vërtik. Duart i struk edhe një herë deri në fund të xhepave, dhe ecejaket e tij dy-trehapëshe majtas-djathtas, sa vijnë e shpeshtohen. Edhe rrahjet e zemrës bashkë me ankthin tim. Frika se mos nuk mund ta kem portretin, më bën t'ia dyfishoj shumën e premtuar të parave.

"Hë?" - e pyes me padurim, duke mos ia ndarë sytë portretit.

"Kaq lekë janë vërtetë shumë për mua që e kaloj gjithë ditën këtu jashtë mbi urë, - thotë, - por, portretin nuk e shes, e mbaj aty për të kuptuar turistët se këtu kanë mundësi të porositin një portret të tyren. Është njëfarë reklame, e kuptoni, që..."

Unë heshta, se e kuptova që nuk ishte arsyeja. Nga vështrimi im përgjërues, mbase, u detyrua të rrëfehet.

"Askush nuk e lë këtu portretin e tij të paguar, vetëm ai..., vetëm ai pagoi paret dhe e la; tha se ishte një ditë shumë e veçantë për të, se donte ta përjetësonte në portret. Dhe më kërkoi një cigare. Shkova ta merrja, dhe... dhe... kur u ktheva...", - tha kushedi sa herë 'Jo!', duke ngritur zërin, sa herë përsëriste fjalën. Derisa zëri iu shua e ra kruspull mbi gjunjë. Tani isha unë, që nuk po kuptoja fare. A duhej të vazhdoja ta teproja me tekën time, megjithëse së brendshmi e ndieja se nuk ishte tekë. Doja të largohesha me vrap prej aty, por këmbët s'më bindeshin. Ato m'u bënë më të rënda se më parë.

"Dua ta kem këtë portret. Kam shumë kohë që po e kërkoj..." - thashë duke mërmëritur, më tepër për të dëgjuar vetë.

Por ai më kish dëgjuar, dhe ndërkaq me pamjen dhe vështrimin të ndryshuar më tha pas pak çastesh me zë të plotë:

"Ju kuptoj... ju kuptoj. Duhet t'ju kisha kuptuar qysh në fillim. Duhet ta kisha kuptuar. Atë asnjëherë nuk e kërkuan, askush. As emrin nuk ia mësova. Më tha se donte një portret, dhe se ishte ditë e veçantë për të. Më tha se portretin do të ma linte mua, se dikush ndoshta do vinte ta kërkonte ndonjë ditë, dhe unë duhet t'ia jepja. Nuk donte ta merrte me vete. Pastaj, kur isha gati në gjysmë të punës, më kërkoi t'i gjeja një cigare. M'u lut shumë. Kur u ktheva, nuk e gjeta. Portretin e përfundova më vonë, duke ruajtur imazhin e syve të tij tek luteshin."

Nuk po pipëtija fare dhe më duket se as po mendoja dot, kur përsëri zëri i tij, këtë herë shungullues dhe pa shprehje më troshiti:

"Merreni - është i juaji. Nuk keni nevojë të paguani, është paguar njëherë. Ai më la mua dhimbjen dhe besimin e tij. Ato nuk shiten sërish".

Me portretin në dorë, ende pa ditur në duhet të gëzohesha apo të trishtohesha, u largova nga ura dhe atë çast, më shumë se çdoherë tjetër, do doja të ndizja një cigare.

GLORIA IN EXCELSIS DEO

(X1)

- Karma është kurvë e madhe, - më tha Julia atë ditë kur uktheva nga takimi im i parë.
- Karma?
- Po, po. Ajo i ka fajet të gjitha.

Julias i pëlqente shumë të filozofonte. Unë nuk ia kisha ngënë dhe aq shumë. Ç'më duhej të dëgjoja filozofime dashurore, sidomos asokohe? Çdo takim i parë, përveç ditës, ka edhe shumë gjëra, që e bëjnë pjesë të pashlyeshme të kujtesës. Ç'ditë e javës ishte, nuk e mbaj mend. Vendin? Ah, vendin pooo! Vendi përbënte ngjarje më shumë se dita. Bari i njohur në qendër të kryeqytetit, me emrin që Julias i pëlqente fort; me siguri i kujtonte se edhe emri i saj ishte i lavdishëm, po aq sa ai i atij bari. Pse duhet të takohemi gjithmonë këtu, e pyesja sa herë ajo kapërcente shkallët dhe u rëndonte takave me forcë, aq sa të gjithë të kthenin kokën, thuaj se zhurma e këmbëve të saj mbi mermer ishte zhurma e skeptrit mbi tokë, kur mbreti paralajmëronte vendimin e radhës dhe të gjithë duhet të ndalnin frymën. Ndaj shkonim gjithmonë aty, ku shkallët ishin të shtruara me tapet të kuq e parmakë të artë. Për t'u ngjitur te kati i dytë i barit, ku gjendej edhe një dritare e madhe që të lejonte të tymosje, duhet të ngjisje gjithë ato shkallë, e ndjekur nga vështrimet kureshtare të klientëve të shumtë, që zinin tavolinat e katit të parë. Julia thoshte se ky ishte akti i parë i shijimit të lavdisë. Pastaj akti i dytë ishte ai i shijimit të kafesë më cigare. Dhe i treti? Ai i bisedave tona.

- Dhe pak e mbërrij te ti, - dëgjova në telefon se në zërin e tij të plotë, ndihej edhe paksa tension pemës frymëmarrjes.

- Po të pres, - iu përgjigja.

- Ku po më pret?

- Te "Gloria", pra, - i thashë në të qindtat e sekondës. Nuk e di sesi e pata ashtu atë ndjesi, se njerëzit nuk duhet të pyesin për gjëra që dihen. Ai, edhe pse nuk e kishte idenë se ku ish "Gloria", vazhdoi:

- Mirë, do të të gjej edhe ty edhe "Glorian".

A ishte dashuri me shikim të parë? Jo... Nuk ishte krejt ashtu. Unë isha qenie dyshuese, sa i takonte dashurisë më shikim e parë, por jo sa i takonte magnetizmit etik të herës së parë apo atij dridhërimi kënaqësie estetike, po të herës së parë, që më përcillej si imazh ndjellës. Më godisnin në zemër dhe më bënin të gëzoja fort magjia e fjalëve, lojërat e emocioneve; gëzimi i pranisë, kur fjala bëhej mish. Kjo më çmendte e gëzonte, thua se ngjizej në ndonjë altar diku të padukshëm, që vetëm me shpirt mund ta përjetoja. Si vinin ashtu këto ndjesi të thella deri në thelb të zemrës, sa të magjepseshe nga forca që depërtonte rrezatimet e syve dhe i bënte ata të shndritshëm dhe njëkohësisht të verbër. Krejtësisht të verbër.

- Moj, po ti pse je këtu tani? - më pyeti Julia. - A nuk duhet të takoheshe me të sot?

- Po, - i thashë, - u takova.

Ajo shtangu. Gjuhën e saj, që s'di të futet në gojë kurrë, thuajse e zuri ngërçi. U krijua një situatë gati paniku mes nesh. Unë, nga frika se atëherë e kuptova realisht ç'kisha katranosur. Dhe ajo, ngase ende nuk po kuptonte asgjë.

- Po ç'dreqin ndodhi?

- Dëgjo, Julia, qetësohu. A nuk më ke thënë se asgjë nuk ndodh pa shkak?

- Po, e kam thënë. - Po, fol, pra, çfarë ka ndodhur?

- Mirë, unë po të them se ç'më ndodhi, ndërsa ti mundohu të gjesh shkakun. Se ajo që ndodhi, iku, u bë.

- Ja ta marrim me qetësi. Ikim pimë një kafé te "Gloria", - tha Julia, dhe atje m'i tregon të gjitha.

- Jooo, ulërita unë me sa kisha fuqi zëri në fyt. - Jo te "Gloria", se atje e lashë atë vetëm dhe ika.

- Si moj ike?

- Po, ika. I lashë të kuptojë se po zbres në tualet. Dhe nuk u ngjita më lart.

- Ç'dreq veprimi naiv është ky?

- Kështu m'u dha të veproj. Ti më ke thënë se karma është veprim, që i referohet një koncepti shpirtëror dhe të ndikon pavetëdijshëm në trup e mendje. Ja ashtu i tha mendja trupit, të zhvendoset.

- Moj, ose ti, ose unë jemi të çmendura tani në këto momente.

- Të dyja jemi, Julia. Qysh se nuk dimë të shijojmë asgjë, pa teorizuar pa fund.

- Atëherë, eja e më trego, se ketë punë e qan ti.

Dhe më kapi për krahu. Nuk dija nga t'ia nisja. Rrezikoja të dukesha krejt qesharake, jo vetëm në sytë e saj; por as vetes nuk po ia duroja atë ndjesi të çuditshme, që më qe mbledhur në fyt e gati po më mbyste.

- Kisha frikë të rrija. Kisha shumë frikë, - i thashë. Asaj i dolën sytë nga vendi. Sytë e mi ishin tërë tmerr e panik po ashtu.

- Pse, ç'kishte ai për t'u frikësuar?

- Ishte pikërisht ai që kisha pritur. Nuk ndryshonte fare nga modeli, e kupton ti këtë? Ç'mbetej më pas kësaj, po të rrija? E kupton, Julia?! Edhe kur vinin e iknin të tjerë. Këtë prisja...

- E kuptoj, zemër. Dhe mos m'i hidh më poshtë ç'të kam thënë mbi karmën, e as mos u tall më me mua.

- Ah, të lutem, mos sërish, se nuk kam nerva të dëgjoj teorizime tani.

- Më dëgjo. Karma jote e solli atë njeri te ti. Dëshira

për t'u dashur fort me një model, që e kishe zgjedhur përpara se ai të vinte. Modeli, me të cilin ti ke bërë dallimin deri më tash, rezultoi se ekziston, dhe ti tani e di. E pe, e preke, e puthe. Ja ku e gjetëm edhe shkakun e veprimit tënd. Ai është atje ku e ke lënë vetëm, te "Gloria". Po sytë si i kishte kur të shihte?

- Vërtet, do ta dish? U ngjanin syve të ujkut. Po, po. Sy si të ujkut. Dhe mua m'u kujtua një roman i porsalexuar nga Erich Emmanuel Schmitt, ku personazhi, Anna e Brugg-ës, u akuzua dhe dënua për herezi, sepse komunikonte çuditshëm me ujkun. Njësoj si ajo Anna e Mesjetës u ndjeva dhe unë para tij, ambivalente. E adhuroja kafshën e fortë e superiore para meje, dhe projektoja njëkohësisht frikëra të shumëllojshme me shpejtësi drite.

- Kushedi s'i mund të ndihet një ujk i dashuruar nga një princeshë, kështu gjithë hire e ngjyra si ti? Më fol edhe pak, - më nxiti Julia...

- Po nuk ka reagime në sytë e ujkut ndaj ngjyrave, o zemër; as nuk i sheh e as i dallon dot bukuritë e tyre. Në këtë kuptim, unë nuk bëj asnjë dallim nga kopeja e gjahut. Aq më tepër aty, në prarimin e artë dhe tapetet e kuqe të "Glorias". Është i ndjeshëm ndaj lëvizjes, ujku. Sytë i reagojnë nga lëvizja. Ndaj s'munda të rrija më gjatë pa lëvizur... Po, as të rrija nuk do të kishte kuptim. E kupton tani pse ika?

- Pra, ti nuk mendon se do ta humbësh, tani që gjete modelin?

- Ç'dreqin ke që më shikon kështu?! Vetë ma ke ënjtur kokën me ato teoritë e rimishërimit. Do ta kem sërish kur të rimishërohem... Unë kuptova t'i lexoj psherëtimën dhe jo fjalën. Ia lexova atë që mbante brenda fare, dhe nuk e tha dot.
- Prandaj shkove në atë takim?
- Po. Prandaj shkova. Dhe pse e dija vazhdimin. Shkova të shihja se ç'isha gati të humbisja, pikërisht në më të dashurin vend tonin, te "Gloria".
- Tani prit radhën, - më tha Julia, - kur t'i shkosh ti, do të ikë ai, kështu është karma.

Dhe më propozoi, gjithsesi, të shkonim e ta festonim me ndonjë gotë verë. Ashtu bëmë, ngjitëm shkallët, duke qeshur me zë e duke përjetuar aktin e parë të shijimit të lavdisë me përplasjen e takave fort pas shkallëve. Pastaj trokitëm gotat dhe si gjithnjë thamë duke qeshur në një zë: *Gloria in excelsis Deo!*

(X2)

Nuk u zgjova atë ditë si zakonisht nga alarmi i regjistruar në telefon. Ishte zgjim i pazakontë, nga disa tinguj, të cilët më depërtuan deri në gjumë; u rrotullova disi nëpër shtrat me shpresën se mos vazhdoja edhe pak të flija, por s'munda. Dera dhe muret e trasha nuk lejonin asnjë lloj zhurme të futej brenda. Dritaret i kisha mbyllur, grilat po ashtu. Asnjë magnetofon a radio nuk kisha në shtëpi. Televizorin e fika me telekomandë para se të shtrihesha. Atëherë, nga dreqin futeshin deri brenda veshëve këta tinguj?! Më dukej se i dëgjoja me gjithë qenien. Se edhe trupi sikur po lëvizte nëpër shtrat, ashtu si në sintoni me to. Nuk doja të zgjohesha aq shpejt. Ishte ditë pushimi. U ngrita në përgjumje e zgjim njëherësh për të kuptuar nga vinin tingujt e hareshëm e grishës. Shkova drejt dhomës së ndenjjes. Atje ekrani i televizorit dukej i fjetur dhe sikur më thoshte: merru me veten zonjëzë, nuk është koha fare të më ndezësh kaq herët. Asnjë pipëtimë në dhomën e ndenjjes. I dhashë karar me mend se kishte qenë ëndërr. Po përpëlitesha në mundin për të kujtuar se nga më vinin aq të njohur ata tinguj. Por, sa u shtriva, sërish m'u shndërruan në tinguj alarmi. Alarm i kujtesës së ndërgjumur. Gjithkujt i ndodh, që tinguj të caktuar t'i rikujtojnë vende, ngjarje a njerëz të caktuar. Violina klithte magjishëm si në ekstazë pastaj mpakej në rënkim, e sërish tingëllimi përfshinte ca lëvizje të dorës dhe harkut mbi violinë, si të dy trupave nga ngjeshja pranë e pranë gjatë të njëjtit vallëzim. Po, në të njëjtin vallëzim... Vallëzimi ynë i parë trup mbi trup. Aty poshtë dritave të një peme që s'bëzante, për të na veshur me ngjyrat e dritave dhe tingujt e më të perëndishmes festë të lindjes. Festës së Krishtlindjes. Nën tingujt e asaj melodie ne shmbështillnim poshtë pemës, në vend të dhuratave, lëkurën nga eshtrat tona prej pasionit.

- *Sa e bukur kjo këngë.*
- *Le të jetë kënga jonë!*
- *Ç'janë këto truke adoleshentësh?*
- *Pse, ka dashuri pa melodinë e saj?*

E kuptova se tingujt s'po dilnin prej askund tjetër, përveçse prej trupit tim. Si e përhënur u ngrita sërish dhe u shtriva poshtë pemës... trupi i valë, i sapodalë nga shtrati i ëndrrave, m'u bë akull tek iu përqarka trungut të kauçuktë të një bredhi imitues feste. Dritat që rrotulloheshin rreth degëve të sajuara nxirrnin, bashkë me ngjyrat, edhe tingujt e asaj melodie, që ishte sfondi i zëshëm kur bëmë dashuri një herë, dy herë, shumë herë, derisa drita zbardhi mëngjesin e ditës së shenjtë të festës. Pastaj më doli gjumi krejt dhe veten e pashë tek dridhesha nga nxehtësia përvëluese e dëshirës për t'i dëgjuar edhe një herë ata tinguj feste të trupave tanë poshtë një peme, që dukej se kumbonte edhe ajo. Festat zbukurohen më shumë nga kujtimet. Nuk ka dashuri pa melodinë e saj, thashë gati me zë, dhe formova numrin e Julias në telefon, doja ta takoja.

- Ka kohë që nuk më flet më për të, - më tha.
- Sepse nuk ka më rëndësi.
- Por dikur kishte, apo jo? - insistoi ajo.
- Dikur po, - i thashë.
- A mund të më thuash diçka, që nuk do ta harroje kurrë prej tij?
- Zërin...
- Këndonte bukur? - vijoi ajo pyetjen naive.
- Nuk ia njoh zërin e këngës. Këngët m'i dhuronte nga *youtube*, - i thashë, - por kjo nuk është ndonjë çudi. Këtë e bëjnë të gjithë. E dija se Julia do të vazhdonte me pyetjen: Cila ishte kënga që të dërgoi së pari? Ndaj ia thashë pa më pyetur:
- "Ne me quitte pas"/"Mos më braktis", Julia...
- Unë? - pyeti e tmerruar. Fjalia ime ishte pa kontekstin që vetë hamendësova, ndaj ajo e mori thirrmore të drejtpërdrejtë.

- *Non, jamais*/Jo, kurrë, - tha. Nga frika se mos vazhdonte ligjëratën e saj në frëngjisht, e nuk do të kuptoja as edhe një fjalë të vetme, vazhdova:
- Ajo ishte kënga që më dërgoi së pari. Aq u desh, dhe sytë e saj u mbushën me kureshtje. Nxori nga çanta *iphonin* dhe nga *youtube* u derdh zëri i këngëtarit *Jacques Brel*. Unë bëra një shenjë padurimi, ndërsa ajo filloi ta këndonte rrokje për rrokje, në sintoni me këngëtarin.

Ai ishte njeri që i frikësohej shumë vetmisë dhe braktisjes, dhe për këtë kërkonte shumë njerëz rreth vetes, shumë gra. Nga frika e madhe luante të njëjtën skemë, dhe pastaj i ikte skemës në kulmin e lojës. Por këto unë nuk ia thosha dot Julias. Ajo ishte e përgatitur për skenar romantik vetëm me dy personazhe, dhe nuk mund t'i shkonte imagjinata te realiteti i ngjarjeve të tilla, të përçudnuara...

Në ekranin e telefonit u shfaq emri i tij, por unë nuk iu përgjigja dot menjëherë. Pata frikë. As nuk di ta shpjegoj ç'lloj frike ishte. Pastaj guxova. Zëri i tij më kumboi në veshë: më thirri fort emrin. U drithërova. Nuk e dija se emri im kishte aq shumë pushtet mbi mua. Mbeta si e gozhduar nën pushtetin e një emri trigermësh. Heshta. Ai e përsëdyti: germa e parë... zanore e plotë e zbardhur kumbuese, germa e dytë, bashkëtingëllore llastuese me gjuhën që ngulej e mishtë mes qiellzës së tij të lëngët, dhe germa e tretë sërish e njëjta zanore, më e plotë e bubulluese dhe më e zgjatur se simotra e saj e parë.

- Sa do të doja të të kisha pranë vetes tani, këtu ku jam, - më tha. - Jam në varreza!

"O Zot, më ndihmo!' - thashë me vete në të qindtat e sekondës. A mund të bërtasë ashtu një i vdekur nga varret? Pastaj u kthjellova. Përderisa po më flet me zërin e tij, ky nuk është zë prej të vdekuri. Zëri i tij nuk i ngjante haresë në zërin e një burri, që dhembshurisht i thotë emrin të dashurës në telefon, por ishte përgjërim e lutje, përzier më një lloj padurimi, për ta thirrur e për ta shkulur njëherësh atë emër nga vetja. Padurim për të më shkulur mua nga vetja, dhe njëkohësisht për të më pasur pranë. E, ku? Aty në varre.

Vetëm në tri germa ai përtheu gjithë ndjesitë që shoqëruan atë marrëdhënie. Dashurinë e madhe e të rrufeshme fillimore te zanorja e parë, pa e vrarë mendjen fare se ç'vinte më pas. Një "a" - si piskamë, si të ishte fillim i britmës së një ujku, që po bëhej gati për ulërimën e zgjimit të frikërave të çdo qenieje, që donte paqtim në terrin e natës. E unë po prisja të rehatoja emocionet e mia të trazuara në britmën e tij, që vetëm rastësisht kishte tri germat e emrit tim. Aty po fillonte hakmarrja e tij.

- Kush tha se dashuria i takon qiellit, Julia? - iu drejtova asaj që po priste të thosha diçka.

- Po unë i kam lexuar me sytë e mi çdo gjë që të shkruante, - më tha, - ishte çdo gjë gati qiellore.

- Jo, zemër, fjalët e shkruara ishin çarku. I njeh gjahtarët? Nuk mund t'i ngrenë dot çarqet në qiell. Ai me zërin e tij nga ai çast më paralajmëroi se ajo ndjesi imja, më shumë se qiellit, i takonte tokës dhe nëntokës...

- Ç'do të thuash ti me këtë? - më pyeti Julia dhe u duk sikur i ndërroi ngjyra e fytyrës.

- Atë që dëgjove, madje dhe që e mendove, - i thashë.

- Po pse duhet ta bënte gjithçka aq të bukur, ashtu siç e bëri. Unë nuk e harroj kurrë si u ktheve atë mëngjes nga "Gloria", - më tha Julia.

- Si? - e pyeta.

- Si Afërditë dukeshe.

Dhe pas fjalëve të saj, mua më kaloi ndër mend gjithë ajo natë që u zbardh me aq zor.

Pi një cigare me mua, të lutem, më tha. Zakonisht ai nuk pinte cigare. As unë. Atë çast ndjeva se do t'i pija të gjitha. Kaq shumë doja të flisja. Padurimi shoqëronte lëvizjet e duarve dhe përkujdesjen që duhani të ndizej, të digjej. Shtëllungat e tymit të trazonin ajrin mes nesh, e pastaj të shuheshin. E kështu do të vazhdonte edhe me fjalën: do ndizej, do digjej, do batiste mes rodhanit të frymëve tona, e pastaj do të shuhej. Kisha filluar të flisja ende pa thithur cigaren. Fjalët, deri atëherë të rroposura në mendimet e fshehta, iu vardiseshin buzëve pa drojë fare. "Si guxoj kaq shumë, - thashë me vete, - sikur ta humbas?" Mendimi nuk më trishtoi. Isha e bindur, se po të ndodhte, do të fitoja tjetër gjë. Ai qëndron bri meje i heshtur dhe pret. Pret, që të ndez tjetër cigare e të flas përsëri. Pret të çlirohet. Pres dhe unë. Thith më shumë se cigaren, mesazhet e pamjes së tij nga përjetimi i të thënave të mia. Tymi mes nesh rri pezull. Pezull dhe kjo natë e zbehtë që s'po din të erret, edhe pse orët kalojnë. Me siguri është nga ato net, kur muzgu i mbrëmjes shkrihet me muzgun e mëngjesit. Me dritën e yllit që as nuk lind dhe as nuk po perëndon këtë natë, mundohem të mbaj ndriçuar zenitin e pikëprerjes së komunikimit të fjalës sime me heshtjen e tij, dhe thith përsëri shumë thellë cigaren bashkë me guximin për të folur. Druaj se gulçi që më del nga gjoksi do të më mbytë, ngaqë ai thotë gjëra të çuditshme, të padëgjuara, të pathënëshme, të padashura, të pakapërdishme për një grua që e do; ndërsa unë thith bashkë me to edhe thartësira ngjarjesh dhe nikotinë. Përpiqem të them diçka. Për t'u qetësuar ndoshta. Belbëzoj. Flas kuturu. Flas me rrokje, me tinguj, me gishta. Flas kot. Fare kot. Gjëra që kurrë s'do t'i kisha thënë me mendje të kthjellët. Pastaj hesht. S'guxoj dot më. S'mundem. Fjalët vijnë deri te fyti, e rroposen përsëri brenda tij, duke u shkapetur me gëlltitjen e pamjes së frikësuar, që vjen nga burri përballë meje. Prapë belbëzoj. Ankthi rri pezull. Pezull dhe kjo natë, që s'u ngrys e as u zbardh, se dielli nuk zbriti sot më poshtë nga ç'duhej.

Thith deri në fund cigaren, duke djegur gishtin tim të zverdhur si pashprehja e fytyrës së tij. Dhimbja e djegies së gishtit nuk është më e madhe se dhimbja e lëndimit. Përpiqem të kuptoj së paku, ç'i thanë tingujt që kjo ditë-natë këndoi bashkë me yllësinë e qiellit të ndjesive të mia. Sytë i ka të mbyllur. Po dremit. Po, po. Mbi gjoksin tim po dremit. Paska qenë ninullë kënga ime! Pastaj zgjohet dhe më shtrëngon dorën. Fort. Gishtërinjtë marrin gjithë rrymat e dashurisë trupore dhe i çojnë te buzët, te flokët, te sytë, që shkëlqejnë si asnjëherë tjetër. "Afërdita, yll i mëngjesit", - më thotë, i patrazuar nga gjithë rrokopuja e fjalëve të derdhura, - "rrotullohet më ngadalë e përkundër gjithë planetëve të tjerë, dhe është më i ndritshmi yll i tokës."

— E kupton, Julia? Unë duhet të isha ndriçim për tokën. Prej larg, a prej lart. Po ç'dreq rëndësie kanë metaforat tani, i thashë, dhe këtë herë nuk mund të isha dot aq e fortë sa kur nisi biseda mes nesh. S'mund të jetë vetëm qielli i bukur! Duhet zbukuruar edhe toka. A nuk i duhet tokës një dashuri e madhe sa ta tronditë? Ishte kohë tërmetesh atëherë. Të kujtohet? Po ti s'ke lidhje me tërmetet. Ti do vullkanet. Tokën në llavë, sepse që poshtë Vezuvit ende përvëlon lavdia e emrit tënd. Nuk ka asgjë më të ftohtë, thonë, sesa një dashuri e vdekur. Asgjë më të ftohtë se toka ku groposet ajo.

— Do më pëlqente më shumë të flisnin për lindjen e dashurisë. Jo për vdekjen e saj.

- Dashuritë i kanë thënë shumicën e gjërave, Julia. Lindjet e tyre pak ndryshojnë njëra nga tjetra. Pastaj, lindja ta trondit ekzistencën më pak se vdekja e saj... Ma këndo edhe një herë vargun më të bukur të asaj kënge, të lutem, - i thashë, më tepër si për ta bindur se kisha të drejtë. "Unë do të gërmoj tokën deri pas vdekjes sime, për të mbuluar trupin tënd me ar dhe dritë" - më ndërmendi ajo edhe njëherë fjalët e këngës që bënin bashkë zërin dridhërues e të çjerrë të këngëtarit francez, me kumbimin e zërit të tij, tek ma thërriste fort emrin prej varreve.

(X3)

Me dhembin këmbët shumë; e ndiej dhimbjen e tyre edhe natën, në shtrat, kur rrotullohem nga një krah në tjetrin. I gjithë trupi më dhemb. Por kjo është dhimbje disi e dashur. E prisja prej kohësh, madje kisha kujtuar se do të vdisja pa e provuar edhe një herë. Kisha kujtuar edhe se do të vdisja fare. Por nuk vdiqa.

- E kupton dot se ç'po të them, Julia? Ai u kthye. M'u shfaq vetë para sysh... S'e kisha parë prej kohësh. Askund. Askurrë. Asgjë s'kisha dëgjuar për të gjithë këto kohë. Në kohën e internetit, kush do ta besonte? Në profilin e tij virtual kishte ngelur i pandryshuar portreti i një ariu të madh Panda-Bao Bao. Nga dita që nuk u pamë më, sa herë e gjeja veten të këqyrja foton dhe të përngjasoja tiparet e tij me ato të Bao Baos. Sytë ashtu si të trishtuar e me vështrimin përdhe; gëzofin e butë të ariut, me lëkurën e tij të butë dhe ndjellëse. Ishte e papërballueshme ta ndaje vetminë me portretin e mbetur të një ariu, dhe me askënd tjetër... Atë mëngjes, kur m'u shfaq me një ari të vogël Panda, as nuk e mendova gjatë se ç'mund ta lidhte me atë specie në zhdukje, që nuk mund të jetonte dot e lirë, veçse e mbyllur në një hapësirë të kufizuar dhe të kontrolluar. "Ç'është ky", - e pyeta? "Një lodër e butë për ty", - tha dhe ma lëshoi në dorë. Unë u drodha vërtet nga butësia e gëzofit, dhe nga maja e gishtërinjve shqisat e prekjes aktivizuan në të gjithë muskujt një lloj eksitimi, që më bëri të shtrëngohem. Nga lodra prej pelushi? Jooo. E dija se ç'më priste, sa i pashë sytë e lëngëzuar, që nuk ia fshihnin dëshirën. "Bëhu gati se do të luajmë fort", - më tha. Ai nuk pushoi fare. Unë nuk u ngopa fare; e kotë të them tani se atë ditë-natë besoja se fuqia dhe energjia na vinte nga ndonjë gjë e mbinatyrshme. Pa ngrënë thuajse fare, duke u ushqyer me ajrin e frymëve, me ofshamat, lëngjet e trupave dhe me ndjesinë e një parandjenje të çuditshme, se do të ishte hera e fundit. Pikë-pikë pikonte djersa nga majat e flokëve, kur isha sipër tij; pikë-pikë pikonte djersa e tij mbi sytë e mi, që lotonin në ekstazën e orgazmës, kur ishte sipër meje. Fjeta gjatë gjithë ditës e më pas edhe gjithë natën. Isha si në gjumin e dehjes nga narkoza. Ngrihesha e shtrihesha sërish. Mezi i hidhja këmbët, dhe ndieja dhimbje aty ku kofshët bashkoheshin me zonën intime. Kur lëvizja nëpër shtrat më dukej se ajo gjëja e tij e fortë më shtypte fort dhe muskujt e barkut më dhembnin sërish nga tkurrja, këtë herë imagjinare, sikur ai ishte sërish aty brenda. Zgjati nja dy ditë kjo gjendje kështu mes jermit dhe dhimbjeve. Ende nuk po ia ndieja mungesën. As nuk mundja dhe as nuk doja... S'di sa kohë kaloi në dalldinë e pas-përjetimeve. Dikur fillova ta kërkoj. Trupi filloi të dridhej sërish nën shijen e kujtimeve të asaj ditë-nate dhe iu dorëzua krejtësisht urisë së zgjuar; tani që çdo gjurmë e atyre orëve kishte avulluar, ndieja sërish etje. Nata ishte makth. Ai nuk po dukej më. Nuk ndiehesha mirë. Isha një grua e dëshpëruar, që shtrihet në shtrat lakuriq pranë qimeve artificiale të një lodre dhe flet me një Bao Bao pelushi. Putra e tij e zezë nuk ka ç't'i bëjë dalldisë së fundbarkut. Pak pa u çmendur, mes drojës dhe padurimit të atyre çasteve, vendosa të pyes në polici. Pas një sporteli me hekura të ndryshkur, një polic i dhjamur po përtypej me zhurmë duke përplasur buzët e lyrosura. "Do bëni kallëzim?" "Dua të raportoj një zhdukje personi", - i them. Ai vazhdoi të mbllaçitej, ia pashë dhëmbët e zinj, e mbi ta mishrat e mbushur me mbetje ushqimi. Hapi një bllok ku dukeshin njolla yndyre, mori një stilolaps me bisht të kafshuar dhe shkroi datën; kërkoi të dijë emrin tim, si në kartën e identitetit, tha, dhe pse nuk ma kërkoi fare atë. Pyeti për emrin e personit, pastaj ngriti sytë për të parën herë, më pa, dhe pyeti: "Sa kohë ka që është zhdukur?". "Po ja, shumë kohë, - thashë unë, - shumë." "Gruaja e tij je", - më pyeti polici pa m'i ndarë sytë sërish. Unë s'fola. "Çfarë e keni personin?" "Jam e dashura.

Domethënë, isha e dashura." Në sytë e tij vezulloi një dritë ligësie. Më pyeti se pse po dëshmoja kaq vonë? S'kisha asnjë përgjigje. "Mos ka ndonjë arsye, që e keni mbajtur të fshehtë kaq kohë?" Në fakt asnjë arsye nuk kisha. Por edhe asnjë besim te policia nuk kisha. Çfarë s'dëgjohej nga policët aso kohësh. Ai filloi të më bëjë pyetje provokuese, ndërsa unë të luaj rolin e të çmendurës, që nga çasti i një pyetjeje krejtësisht perverse: "Kur jeni palluar për herë të fundit?". U stepa. Sytë e tij ishin ngulmues. "Po ja, - i thashë, - ishte fillim pranvere." "Ishte i dhunshëm në krevat?" - guxoi sërish. Nga frika se mos më pyeste për arsyet e heshtjes sime të gjatë për moskallëzim dhe më gjykonin për fajtore, i tregova për herën tonë të fundit. Nuk besoj se romantizmi im do t'i bënte përshtypje, ndaj duke u munduar t'i shmangia detajet e përjetimeve shpirtërore, i tregova ca detaje imitime se ç'ndiente trupi im, përmes një lloj solidariteti të pështirë me vështrimin e tij, vetëm e vetëm që të dilja sa më shpejt prej aty. O Zot, po i rrëfehesha policit pervers, njësoj si Bao Baos lodër. Ai dihati, bëri shenjë me dorë që të ngrihesha, atëherë u përmenda dhe u ngrita të shkoj. "Më lër një numër telefoni, - tha. - Do të të njoftoj unë." Dhe sytë i ndritën nga djallëzia e kushedi ç'mendimi. Nuk do të më kërkonte kurrë për të më njoftuar, ndaj numrin e telefonit dhe adresën ia dhashë gabim, me vetëdije. E meqë nuk ma kishte kërkuar kartën e identitetin, firmosa një letër bakalli me shkrim tërë gabime, poshtë së cilës nuk gjendej emri im i vërtetë.

Nuk më zuri gjumi për net e net të tëra. Dalëngadalë u mundova ta harroj atë ngjarje. Jetoja si e përhënur mes njerëzve dhe vërtitesha pa zënë cak askund, me vetëdijen e tronditur thellë. Dhe pastaj, ndodhi kjo që nisa të të tregoj: ai u kthye, u shfaq para meje pas aq shumë kohësh, si të mos kish ikur kurrë. Burrat gjithmonë gjejnë një arsye për t'u kthyer. Dhe sillen sikur të kishin qenë gjithmonë aty. Sa nuk vdiqa. M'u duk se u shfaq në derë një Bao Bao i vërtetë. Specia e zhdukur ishte ngjallur sërish. Unë duhet të isha vërtet e çmendur. Fillova t'i flas atij, njeriut, siç i flisja dikur ariut. Sytë e xhamtë të ariut tani kishin marrë trajtën e syve të lëngshëm të njeriut, që më dëgjonte dhe heshtte. Nuk fliste asnjë fjalë. Asnjë të vetme. Përveçse nuk fliste, as nuk po më dëgjonte. Fillova të dridhesha nën putrat e tij të zeza; me njërën dorë llastoja veten, dhe me tjetrën po fërkoja gëzofin e ariut-njeri. Instinktet e mia kishin filluar rishmi ulërimën. Një Panda mashkull nuk është për ta pasur zili në seks, se nuk e bën shpesh. Kjo ndodh vetëm në fillim të pranverës, kur tërbohet nga hormonet seksuale, testikujt i fryhen tri herë më shumë dhe sperma e rrit shumë përqendrimin. Unë e nuhata dhe dëshira më e madhe që kisha, ishte t'i shterja deri në pikën e fundit sërish lëngjet e tij me buzët e mia të etura. Dhe ashtu bëra. S'fola më fare. Dikur, pas kushedi se e sa kohësh, a kushedi se sa herësh mbi mishin e ndezur të njëri-tjetrit, e pasi rënkimet na u terën, isha e bindur se, pasi e shoi urinë e tij prej ariu, sërish do shkonte, të binte në gjumin e tij prej ariu. Pasi frymëmarrja m'u qetësua, e pyeta: "Ku ke qenë tërë këtë kohë, Bao Bao?". Më pa me ca sy të frikshëm. Mbase atëherë mendoi se unë nuk isha normale. Po e thërrisja me emër kafshe. Me emrin e ariut që më solli dikur. Nuk po i flisja jo atij, por kafshës. "Këtu kam qenë, - tha, - këtu." Dhe u ngrit të ikte. U ngrita edhe unë pas tij, por, a nga ndjesia se mishin e fortë ma kishte lënë sërish brenda vetes, a nga dhimbja që ndieja ndër të gjithë muskujt, u plandosa sërish mbi shtrat, për ta pritur kushedi dhe sa kohë të tjera, ariun bardhë e zi, që nuk paskësh ikur kurrë!

(X4)

- Ai është bastard. Po, po, bastard. Më ke dëgjuar të flas ndonjëherë kështu? Jo, askurrë e për askënd. Mbrëmë e pashë në ëndërr. Pse dreqin e pashë në ëndërr? Ndaj dita më nisi sot me shije zhgënjimi dhe neverie. Ndihem keq dhe trupin e kam si ndër ethe. Kaq shumë ndikim të ketë një ëndërr nate mbi ditën time, Julia?
- Mos bëj kështu, edhe ti! Ishte vetëm një ëndërr. Harroje dhe shijo lindjen e ditës së re!
- Nuk po mundem, pra. Më duket sikur ma mban peng ndjesia e fajit të së shkuarës. E kupton? Sikur ta dija, në ka një shpëtim nga kjo gjendje!
- Po, ç'të thotë ndjesia?
- Asgjë, s'më thotë. Më ka tradhtuar krejt edhe ajo. Ç'lloj teorie është ajo që na ka mbushur mendjen, se ne i ndikojmë vetë ëndrrat që shohim. Unë kurrë nuk do të kisha zgjedhur t'ia shihja më fytyrën në këtë botë. Sa herë hapja sytë nga makthi në gjumë, dhe e kuptoja se ishte ëndërr, përpiqesha të flija me mendimin se ja, u zhduk..., pastaj më dilte sërish

me atë fytyrën e tij gjysmë të gëzuar e gjysmë të përvuajtur. Edhe i dashur, edhe i përvuajtur. Po, ku dreqin ndodh kjo? Veçse në ëndrra, do thuash ti. Po jo, jo, ashtu ishte fytyra e tij edhe në realitet. Një lloj përvujtnie, që zor ta kuptoje se nga i vinte, që edhe në momentet më të bukura, nuk të linte ta shijoje deri në fund ndjesinë e gëzimit, - i thashë Julias gati me një frymë dhe pastaj ia mbylla telefonin.

Ora po shkonte dhjetë e paradites. Ishte e diel dhe ende nuk isha ngritur nga shtrati. Edhe doja të shkëputesha nga ajo natë e mallkuar, edhe doja ta ndëshkoja veten, duke ndenjur ashtu si në kllapi, nën peshën e ca anktheve të çuditshme, që në shtrat vazhdonin ende si për inerci. Julia po më priste te "Gloria".

- Pse nuk bën diçka paqtuese, - më tha pastaj në telefon, kur e mora sërish për t'i thënë se do të vonohesha për kafenë e përbashkët.

- Çfarë, për shembull?

- Po ja, ti shkoje shpesh dikur në kishë, me sa mbaj mend. Mbase aty e ke si vend çlirimi.

U kujtova se kishin kaluar rreth 5 vite, që kur kisha qenë në kishë për herë të fundit. Atëherë kur i lutesha Zotit dhe ndizja qirinj për praninë e tij në jetën time. Ja, tani duhet të shkoja dhe t'i lutesha të njëjtit Zot, të ma nxirrte të njëjtin njeri njëherë e mirë jashtë nga jeta ime. Kishte kuptim kjo? Unë nuk mund të sillesha gjithmonë si budallaçkë para Zotit, mendova.

- Ti po tallesh, më duket, - i thashë mes zemërimit, që më shumë e kisha me veten sesa me të. Pastaj u ngrita dhe bëra një dush me ujë gati të ftohtë, si për të përzënë nga trupi gjithë zjarrminë e kujtimeve. Disa herë kishim bërë dashuri edhe nën dush; më pëlqente shumë kur më llastonte aty nën ujin e nxehtë që rridhte... Çfarë mund t'i bëjë bashkë dy trupa të panjohur, nën peshën e një nevoje ekzistenciale, si uji dhe pastrimi? Apo një nevojë edhe më e madhe, siç ajo për dashuri?

Dola nga dushi ende pa i tharë flokët, vesha një fustan dhe mbi të një pallto - veshje e hollë kjo për motin e ftohtë, por ndieja më shumë të ftohtin e kujtimeve, që s'po më shqiteshin nga mbilëkura. Kur dola, mora me vete një grumbull zarfesh, që ishin në kutinë postare mbi derë dhe i futa në çantë, ende pa i parë. Nuk kisha kohë. Julia më priste te "Gloria". Aty, në të njëjtin vend, si gjithmonë. Ishte janar, si aso kohësh. Muaj bastard, thashë me mend. Se ç'm'u kujtua edhe një varg kënge, dhe nën zë e këndova pavetëdijshëm: "Muaj i mallkuar ish janari...". Kur mbërrita, ajo ishte aty, me kafenë dhe cigaret e saj. Përjashta.

- A mund të futemi brenda, të lutem, - i thashë. Edhe pse ai vend ma sillte të gjallë çdo detaj të takimeve me të. Ashtu kisha zgjedhur vetë. Vetndëshkimin, pa i ikur asgjëje që ma nxirrte në rrugët e ditës, por edhe në ëndrrat e natës, pasi kështu mendoja se do të lehtësohesha më shpejt, duke e pasur gjithherë pranë dhe duke i mbushur mendjen vetes se ai ishte krejt gabimisht dhe rastësisht në të shkuarën time.

- Ç'ke tani? Si ka mundësi t'i japësh kaq shumë rëndësi një ëndrre, - më tha Julia, pasi më la të qetë të pija kafenë e parë dhe ndërkohë kisha porositur të dytën; se kështu bëja kur doja të flisja: pija të parën me turr dhe nga e dyta shoqëroja fjalët me hurdhe.

- Mua nuk më jepet për interpretime ëndrrash, por kot sa për muhabet, - tha, - a mund të di ndonjë gjë më tepër?

Unë rrëfimtare ëndrrash, që prisnin analizën? Baaah. Po edhe sikur te divani i baba Frojdit të kisha qenë, dhe nga interpretimi i asaj ëndrre të varej gjithë jeta ime, nuk mund ta merrja përsipër atë rol. Le që, as nuk e mbaja mend krejt se ç'kisha parë. Edhe po ta provoja, isha e bindur se, nga makthi i një nate të tërë, nuk do më dilnin dot as dy fjali. Ai, fytyra e tij disi mes buzëqeshjes dhe përvujtnisë së pamundësisë dhe ca si gjurmë resh a shtëllunga të bardha nga fluturimi i një avioni në ajër, në një qiell mbi Romë, dhe që nuk po mund të ulej dot. Kaq munda të thosha. Panikun tim nuk e bëja dot fjalë.

- Ah, ja ç'na paska qenë, - tha Julia! - Nuk mund ta harrosh dot as Romën?

- Roma nuk ishte i vetmi premtim i tij i pambajtur. Por ishte premtimi i fundit. Dhe, që atëherë, mua asnjë rrugë nuk po më çon më atje... Kjo mund të thuhet përtej Romës si qytet, madje edhe përtej simbolit.

Julia s'më foli për një kohë të gjatë dhe po merrej me telefonin e saj. Unë gjerba deri në fund kafenë time të dytë, dhe i nxora zarfet mbi tavolinë. Ishin tri syresh. E hapa të parin. Një dëftesë bankare për të bërë një pagesë *online* deri në një datë të caktuar. Mora të dytin në duar. Ishte një zarf i çuditshëm. Jo nga forma, por brenda letra dukej diku më hollë e diku më e trashë. Nuk kishte asnjë adresë dërguesi, vetëm se te vula postare shihej e shkruar qartë: ROMË. ROMË? Zot, çfarë rastësie e çuditshme! Ose, nuk ishte rastësi. E ktheva zarfin nga ana tjetër dhe aty pashë një copë letër të bardhë me adresën time, e shkruar në kompjuter, dhe e ngjitur mbi zarf. E peshova zarfin në dorë, në dilemën për ta hapur, apo jo? Ta kishte shkruar ai, vallë? Atë çast më erdhi ndër mend, se nuk ia njihja fare shkrimin e dorës. Në gjithë ato vite komunikimi, nuk më kishte qëlluar kurrë ta shihja se si e shkruante me shkrim dore emrin tim. E po kështu, as ai nuk e kishte parë shkrimin tim. O Zot, si u mbrapshtuan kohët kështu! "Kohë bastarde", - thashë me vete. Dhe s'di as vetë se ç' ishte ajo dëshirë, për ta përmendur aq shpesh atë fjalë. Pashë zarfin e tretë. Ishte nga ime amë. Ajo, si gjithmonë, më shkruante letra me dorë rregullisht një ose dy herë në muaj, edhe pse flisnim në telefon çdo të diel. Rituali i kahershëm, që s'mund të prishej kurrë. Ajo nuk mund të shkruante mesazhe në celular dhe as kishte mundësi të përdorte kompjuterin, me moshën që kishte. Por ja, shkrimi i saj aq i bukur, me germat si rruazë, më qetësoi sytë dhe më përcolli një ndjesi sigurie. Nuk më shkruante shumë gjatë, përveç ca fjalive mbi shëndetin e saj, kishte kohë që nuk harronte të rendiste në fund ca rreshta në formë amanetesh, se si duhet të veproja kur të mbyllte sytë e të mos ishte më. Letrat e saj në fillim të leximit më gëzonin, e pastaj më trishtonin, se mbylleshin gjithmonë ashtu, dhe unë mund të mendoja edhe fundin e botës, por jo fundin e fjalëve të saj. Po ja, i dhashë dum me vete, ka edhe gjëra që nisin bukur e mbarojnë me trishtim, si te vetë letra e nënës; por ka edhe gjëra që mbarojnë krejt, mendova, dhe brofa në këmbë, si të më kishte pickuar ndonjë gjë. Ishte e diel paradite, kishte kaluar ora dhjetë e unë nuk e kisha marrë ende në telefon. "Bijë bastarde", - i thashë vetes me zë të lartë. Julia i hapi aq shumë sytë e saj të mëdhenj, sa m'u duk sikur i kapërcyen deri mbi vetulla. Formova numrin e shtëpisë nga celulari në atë çast dhe po dridhesha. Trupin ma përfshinë sërish ndjesitë e makthit të natës. "Përgjigju, të lutem", - thashë me zë. Pastaj pashë edhe një herë datën e zarfit në letrën e nënës, lexova edhe një herë fjalitë e fundit dhe syve më rrodhën lot të nxehtë. Brofa në këmbë dhe ia futa vrapit.

- Prit, ku shkon, harrove këtë zarfin ende të pahapur, - më tha Julia, që kishte ngelur e shtangur, pa kuptuar asgjë, duke mos i hequr sytë nga vula postare, ku qartësisht shkruhej: Romë.

- Lexoje, dhe më thuaj më vonë se ç'është! - i thashë dhe nxitova hapat e ikjes, e mbështjellë nga i njëjti panik nate, drejt rrugës, që kurrsesi nuk do të kalonte, as këtë herë, nga Roma.

MURI I BERLINIT
DHE MURE QË S'KANË RËNË

(X1)

Po bëhesha gati për provimet e diplomës dhe mendoja shpesh sikur të studioja më pas në Gjermani. Ai vend bashkë me shkrimtarët dhe filozofët e tij më ndillte jo vetëm nëpër ëndrra. Kisha filluar të mësoja dhe gjuhën. Në fakultet kishim një profesor gjermanishteje nga Berlini Lindor, i cili i jepte kuptim jetës sonë të varfër prej studentësh, me atë çka na përcillte prej kulturës dhe vendit të tij me shumë dashuri, por edhe disi i kontrolluar.

Në fillim kjo gjë dukej ëndërr e kotë; nga bashkëmoshatarët e mi vetëm fëmijët e udhëheqjes, mund të shkonin atje, qoftë edhe për të hequr dhëmballët po të donin. Ne të tjerët, jo. S'mundeshim. Duhet të mësonim këtu, në shkollat ku formohej "Njeriu i ri".

Një ditë ndodhi çudia. Ishte fillim tetori. Po prisnim në auditor dhe profesori ynë kishte një pamje disi të tjetërsuar. Portreti i tij tipik gjerman e i palexueshëm, u shfaq me një ndriçim e entuziazëm të pakuptueshëm. Ra "Muri i Berlinit", tha. Nuk e kuptuam në fillim.

Rënien e Murit e përjetova vetëm si rënien e perdes së misterit nga sytë e profesorit tim, për t'ia lënë vendin dritës. Një drite, aso kohe, ende të pakuptueshme. Do të mungoj për ca kohë, na tha..., dhe u nda me ne të gjithë, një për një. Kur erdhi radha ime më tha me zë të lehtë: "Shpejt do të vijë koha që ti ta shohësh vendin e poetëve që do, dhe do t'i përkthesh...".

Në korrikun e një vit më vonë edhe Tirana u trondit. Njerëz pranë Fakultetit të Filologjisë vraponin e bërtisnin. Ishin hapur ambasadat. Të gjitha. Ishte hapur edhe ambasada gjermane, e ëndrrës sime. Njerëzia ishin të çoroditur, dhe shumë prej tyre derdheshin rrugëve për të ikur. U derdha dhe unë drejt valixhes sime dhe hodha në të ca libra, një fjalor të vjetër dhe ca ndërresa. Udhën e bëra pa frymë dhe pa menduar. Brenda mureve të ambasadës, në tokën që njihej si e shtetit të huaj, fillova shumë shpejt dhe unë të ndihem e huaj me veten, me njerëzit rreth e rrotull. Nuk njihja askënd mes turmës së madhe. Jashtë hekurave thoshin gjëra të tmerrshme. Thoshin se familjarët tanë i prisnin ditë të zeza në burg e internim, e kushedi më pas ndonjë gjë edhe më e keqe... E frikësuar, dhe në panik, nuk durova dot më brenda. Vendosa të dal përsëri jashtë. Në çastet që po i afrohesha portës, dikush më thirri në emër. Nuk e dija që kisha pasur të njohur aty brenda.

- Njihemi bashkë, - e pyeta. Fytyra e tij s'm'u duk e njohur, por as m'u dha ta pyesja se ku ma dinte emrin.

- A ka ndonjë gjë të dobishme valixhja juaj për mua, nuk pata kohë të marr me vete asgjë? Unë i lëshova në dorë valixhen siç e kisha, pa hequr asgjë, asgjë, dhe kapërceva portën me shpejtësi, pa e pyetur as për emrin. Më vonë, shumë kohë më vonë, erdhi nga jashtë shtetit me postë një pako në emrin tim. Emri i dërguesit nuk më thoshte asgjë, por gjithsesi shkova tërë kureshtje drejt postës. Ma kishin dërguar përsëri valixhen. Brenda saj ishin plot libra dhe fjalorë të rinj, edhe ca të brendshme të reja grash. Ishte dhe një letër. I panjohuri, më falënderonte shumë, shumë për gjithçka. Më thoshte se gjithë ç'kish pasur valixhja brenda kishte qenë shumë, po shumë, e dobishme. Fjalorët, librat. Madje dhe të brendshmet. Madje, ato më tepër.

(X2)

Prej kohësh mendoja të largohesha nga puna, se më ishte mërzitur jeta që bëja me valixhe në krah. Ja, doja të jepja dorëheqjen, para se të më thoshin se do nisesha me shërbim për në Berlin. Ndryshova mendje. Në këtë vend nuk kisha qenë kurrë më parë, veçse në ëndrra. Në ëndrrat e moshës më të bukur. Kur mora lajmin, u rrëqetha, njësoj si shumë vite më parë. Fillova të bëhesha gati, si për një udhëtim të veçantë. Ky udhëtim kishte shumë rëndësi për mua. Kishte qenë udhëtimi im i parë imagjinar, udhëtimi që po bënte realitet ëndrrën e atij tetorit të largët, kur ra Muri i Berlinit. I isha shmangur shumë e shumë vite, si diçkaje të shenjtë e të shtrenjtë, që mjaftohesh vetëm ta ledhatosh në kujtime, nga frika se mos realiteti ia humb shkëlqimin dhe magjinë tërheqëse.

Aeroportet ishin shndërruar në vendet më të trishta dhe më të dashura njëherësh. E dija se aty do të përsëritej gjithmonë njësoj e njëjta histori. Pasaporta e ime, si dele e zezë. Qytetarë të EU-së në një shërbim special; dhe të tjerët si tufë, që shtyheshin ngjitur me njëri-tjetrin. Burrat që morën udhën e pasaportave të privilegjuara ishin të veshur në xhinse dhe këmisha të lehta pambuku. Ndërsa burrat pranë meje ishin me kostume, disa edhe me kravata. Ky rit i vlerësimit të udhëtimit, duke veshur rrobat më të mira që kishin, i bënte të dukeshin paksa ndryshe. Një komb pa shumë kulturë udhëtimi nga izolimi mbi 50-vjeçar, mendova me dhimbje dhe njëkohësisht me frikën mos ma zbulonte kush mendimin; ndonjë nga folkloristët aty afër, e mos më thoshte me zë të lartë se unë nuk e doja vendin tim. Madje, dikush aty pranë meje kishte edhe një stemë me flamurin kombëtar në jakën e kostumit. Burri i hodhi një vështrim dashamirës pasaportës sime, ndërsa mua më erdhi turp për çka mendova pak më parë. Kontrollori i pasaportës vijoi me të njëjtat pyetje! Si dreqin t'ia bëja për ta mposhtur këtë ndjenjë inferioriteti, sa herë kaloja me pasaportë në dorë përmes këtij muri përballjeje. Muri i Berlinit kishte rënë, por jo muri mes meje dhe atyre njerëzve atje, pas një drejtkëndëshi xhami, që ma zhvishnin privatësinë deri në thelb me pyetje naive: Ku do të shkoni? Pse do të shkoni? Sa do të qëndroni? Ku do flini? Keni rezervuar? Keni adresë? Na e tregoni! Sa pará keni me vete? Ju pret njeri… "A e priste njeri? Po ç'ishte ajo, nuk ishte vetë njeri?" "Cili është qëllimi i udhëtimit tuaj?" - më pyeti këtë herë. Atë çast sytë e mi u ndeshën me të kontrollorit të pasaportës. Ai kishte ca sy pa ngjyrë, mes të kaltrës së shuar dhe jeshiles së zbardheme. "Qëllimi? Ah, Herr, doni vërtet ta dini?" - i thashë në gjuhën e tij. Kontrollori u hutua paksa. "Çështje procedure, sehr geehrte Dame." "Sa do të rrini në vendin tonë?" Sa do të rrija? Nuk e kisha menduar këtë pyetje më parë. Biletën e kisha prerë të hapur, pa datë të përcaktuar. "Nuk e di!" - i thashë në mënyrë krejt naive këtë herë. Ai më pa sërish i çuditur! Pas meje njerëzit në radhë po e humbnin durimin. Vështrimit pyetës të kontrollorit iu përgjigja këtë herë me mirësjelljen e kërkuar: Unë po vij në vendin tuaj të njihem me një poet që ka vdekur, dhe po më pret një poet i gjallë...

Kontrollori, me sytë që iu zmadhuan edhe më shumë poshtë syzeve pa skelet, ngriti dorën dhe m'u duk sikur do më flakëronte një shuplakë fytyrës, por ai goditi me një vulë të rëndë që zhurmoi fort mbi pasaportën time. "Qëndrim të këndshëm te ne, liebe Dame!" Më në fund isha e lirë! E lirë! E lirë! "Ti je e lirë, Liebling. Por nuk ndihesh e çliruar. Liria dhe çlirimi nuk janë njësoj..." Unë kisha nevojë ta ndieja çlirimin. Por nuk ishte aq e lehtë. Ecja përgjatë rrugës *Bernauer Strasse* dhe ndieja frikë. Jam rritur në një vend, ku për çdo gjë ndieje frikë. Frikë edhe për të adhuruar zotin e të gjitha dëshirave dhe shpresave të shpirtit. Edhe atë e doja në fshehtësi e me frikë. E ndieja deri në kockë dhimbjen e mosçlirimit. Edhe pse këtu në Berlin askush nuk më njihte dhe askush nuk donte t'ia dinte se ç'bëja. Kjo ishte një botë tjetër. Krejt ndryshe nga bota ime atje larg, mes pamundësive. Kjo ishte bota e mundësive. E të gjitha mundësive, veçanërisht për një artist. "Çlirohu nga të gjitha frikërat që ke dhe bëj atë çka ndien. Bindu dëshirave të tua. Nëse dëshiron të bësh diçka, bëje! Përndryshe, kurrë s'do ta njohësh veten." E ç'ishin këto teori naive psikanalize, që i kisha lexuar veç nëpër libra. Ja, tani vinte një i huaj dhe më tregonte se ç'duhet të bëja me veten. "Po ty ç'të vjen të bësh tani?" - e pyeta? "Të të dëshiroj ty me gjithë rroba." Eh, ç'rroba? Kisha në trup vetëm një fustan të hollë vere, pasi temperaturat e vendit tim ishin shumë të nxehta. Fustani i bardhë, që kishte mbetur simbol i gjendjeve të ndryshimit, ngase ishte gati transparent, më bëri të skuqem dhe të mendoja mos ai po më fliste ashtu, vetëm se po e ndillja me veshje. Jam pothuajse e zhveshur, mendova. Më pëlqente që ndaja vetminë time me të në një vend njëherësh të afërt dhe të huaj me të. "Do të të pëlqeja të veshur gjithsesi, veç të kishe po këtë rrezatim femëror, - më tha. - Madje edhe po të ishe e veshur si gratë e Mesjetës. Ku femërorja u shpërthente mes formave dhe gjinjtë e bardhë u dilnin mbi dhjetëra e dhjetëra flutura e dantella. Me flokët bukle-bukle të derdhur supeve. S'di pse të përfytyroj ashtu, si *Luise von Preussen*. Që, edhe në verë, peshën e joshjes e mbartte bashke me peshën e mëndafshit, kadifesë, kordeleve dhe perlave." Po si t'i thosha, se nuk kisha asnjë lidhje me ato përfytyrime, se ndihesha krejt ndryshe. Sidomos në verë. Vera ishte stina që e doja shumë. Më dukej se dielli lindte dhe perëndonte mbi trupin tim. Ndaj mezi prisja që, me pak rroba veshur, t'iu turresha ujërave me gëzim fëmije. Sikur përtërihesha brigjeve. E ku ka më mirë se ngjethja e lëkurës nga uji që rrjedh; se flokët e derdhur supeve, të kreshpëruar nga era e mbrëmjes apo nga gishta pasioni, tek pikëlojnë nga djersa dhe jodi. Një fustan me ngjyra vere, lirshëm mbi trup, dhe këmbët zbathur mbi rërën apo barin e lagur, këtë doja. Ai po më thoshte të vishesha si princeshat e Mesjetës? Kurrë s'i kisha dashur princeshat, as në përrallat e fëmijërisë. Të mbyllura mes muresh të lartë, që shëtisnin të kontrolluara në kopshte të sajuara dhe të rrethuara; shtrënguar zhyponësh njeri mbi tjetrin, me kushedi sa vlak mëndafshi, për t'i rrëfyer hiret dhe linjat botës; mbytur nga lot melodramash dashurore. Princeshat e fantazisë sime gjithmonë kishin pamje Esmeraldash, me zambakë uji mbi flokë, që gjallonin veç për t'u dhuruar. Pa kushte, pa kufij. Që i gëzoheshin shpirtit të lirë, dhe vallëzonin lakuriq bashkë me sytë, buzë ujërave të pasionit. Ai më donte princeshë, unë s'mundesha. Ndaj i pëshpërita me zë në vesh të vetmin premtimin që mund të mbaja: "Mund të jem veç cigania jote"!

(X3)

Ditë më vonë u nisa me tren drejt Stuttgart-it më pas me autobus për në *Bad Urach*, drejt alpeve shvabe. Atje do bëhej një takim i rëndësishëm me pjesëmarrës të një projekti të quajtur "Pakti i Stabilitetit për Ballkanin". Kujt do t'i ketë shkuar mendja se mund të krijohej stabilitet në Ballkan po të bëhej një pakt? Kur e pyeta një herë atë, burrin e fortë, nga se kishte frikë: "Vetëm nga pakti", - m'u përgjigj. Zakonisht ishte i tërhequr dhe s'fliste shumë për ndjesitë, as për frikën. Mund të isha e rëndësishme për të, por s'isha pjesë e ndonjë pakti: se do të isha gruaja e vetme në jetën e tij, se do të më donte "në të mirë e në të keq, gjersa vdekja të na ndajë". Kjo ishte formula më e parëndësishme, tani që kishte gjera kaq shumë të rëndësishme: të stabilizohej Ballkani; ballkanasit egërshanë të ndihen të rëndësishëm nga fuqia e një pakti që s'e kanë bërë vetë. O burra, o njerëz, të stabilizojmë ndonjë gjë në këtë rajon që vlon! Në mos, ato që duhen stabilizuar: kufij e histori, heronj dhe simbole; të paktën, ca pasione. Pakt përmes projekteve, për të stabilizuar pasionet. Pasionet etnike? Po, si? Përmes zgjimit të ca pasioneve të reja. Pasioneve dashurore, do të thoshte Frojdi.

- Ç'kuptim ka ky pakt? - më pyeti ai para se të mbërrija.

- Ti dhe vendi yt po jepni ca para për "të bërë bashkë" Ballkanin. Për të zhbërë gjoja një tjetër pakt: atë që e copëtoi. Me ndihmën e organizatorëve pritet të ndodhë transformimi ynë kulturor dhe bashkimi, në bazë të lidhjes së ndjenjave. Të miqësohemi. Të flasim dhe të dëgjohemi. Të shkollohemi e të formohemi. Dhe mbrëmjeve, të argëtohemi. Mbase dhe të dashurohemi mes nesh, që të krijojmë bërthama të stabilizuara emocionale. Përmes moderimeve që do t'i bëhet kohës dhe mendjes sonë.

- Dhe ti beson se mund të ndodhin këto?
- Ideatorët i besojnë.
- Pastaj, ç'ndodh?
- Pastaj, përmes instinkteve të dashurisë së përbashkët, do të mposhtim instinktet e luftërave. Të të gjitha luftërave. Edhe të luftës për identitet kombëtar, mbase...
- A je gati ti, t'i shërbesh këtij pakti?
- Unë iu shërbej vetëm ndjenjave, zemër...

(X4)

Shtëpia e formimit politik gjendet në alpet shvabe. Është e vetmja bujtinë e madhe në mes të maleve dhe pishave të zeza, rindërtuar enkas për europianët e rinj. Dhe për ballkanasit e rinj. Thonë, se këtu Fyhreri, dikur, në kohën e nacional-socializmit, mblidhte vajzat dhe djemtë më të pashëm të Gjermanisë, që të ngjizeshin për vazhdimësinë e racës së pastër ariane. Këtu ne do të edukohemi me parimet e Europës së bashkuar: "Të gjithë popujt do të vëllazërohen". Eh, historia! Dashuri pastaj intrigë. Intrigë dhe dashuri! Ku ta dinte Shileri se vargjet e tij "An die Freude" do t'u shërbenin europianëve të rinj për himnin e të ashtuquajturës Europë e Bashkuar. E aq më pak, Bethoveni me muzikën e tij. Është mbrëmje, vonë. Po pimë raki. Ajo na nxeh gjoksin dhe mendjen. Por s'duhet ta humbasim mendjen. Në këtë vend s'jeton dot pa mendjen, edhe në qofsh i dehur. Edhe këtë himn të ri të Europës së bashkuar nuk e mësuakemi dot ta këndojmë të gjithë bashkë në sinkron ne, ballkanasit!

Ndryshe është kur këndojmë tallava, na ndizet gjaku si i ciganëve:

Çajorije shukarije
Ma pirurde palamande,
Ma pirurde palamande, çaje!

Pse s'e kemi menduar se ciganët na paskan qenë ambasadorët më të mirë të atij rajoni? Kërcejmë të gjithë mbi tavolina. Arianët... Ciganët...

Filluan të më merren këmbët. Mendja? Akoma jo. Ah, ata arianët e kulluar! Vallë ç'do të kenë bërë mbrëmjeve këtu, para së të shkonin nëpër shtretër?

- Ç'po bën këtë mbrëmje? - dëgjova zërin e tij matanë telefonit.

- S'jam mirë. Kam shumë vapë. Është tmerrësisht nxehtë këtu brenda. Më merren mendtë.

- Dil pak jashtë, merr ajër!

- Jashtë është shumë ftohtë. Shumë. Kurrë nuk kam provuar të ftohtë të tillë në vendin tim. E kupton? Këtu diferencat janë ekstreme. Kaq ekstreme, sa nuk i përballoj dot! Rregulli dhe liria, seksi dhe morali, puna dhe qejfi, racizmi dhe toleranca... Nuk mësohem dot! Vij nga një kulturë krejt tjetër, e largët, shumë e largët.

- Mundohu të flesh dhe nesër do të jetë ndryshe.

- Të fle? Po si? Nuk mundem. Jo gjithkush ka fatin të flejë në një shtrat si ky. Jo nga ato që shtretërit i tregojnë krejt njësoj. Që nisin me përkëdhelje dhe llastime trupash të zhveshur e përfundojnë me ofshamat çliruese të derdhjeve nëpër orgazma. Jooo!

- Pse, ç'paska të veçantë ai shtrat?

- Dikur ky shtrat i ka shërbyer, përmes aktit seksual, gjësë më normale në botë, një misioni të rëndësishëm kombëtar: vazhdimësisë së llojit. Unë duhet ta zbardh natën sot. E kupton?

- Jo. S'po të kuptoj fare! Po flet në mënyrë të çuditshme, as gjuhën time dhe as tënden.

- Kështu flas kur dehem. As unë s'e kuptoj veten ndonjëherë. Siç nuk e kuptoj pse jam tani këtu. Po meqë jam, kur të kthehem në vendin tim, do të rrëfej se kam fjetur në këtë vend historik.

- Nuk do të rrish këtu?

- Nuk rri dot më gjatë. Eksperimenti i trurit ka kosto tjetër nga ai i seksit... Si dreqin të t'i shpjegoj këto në gjuhën tënde?! Pse jemi ne këtu? Tani më duket se përmes zhvillimit të trurit po eksperimentohet zvarritja e llojit në vendet tona. A mund të vijë nga zhvillimi i trurit edhe zhvillimi i inferioritetit? Raca jonë vazhdon të mbetet inferiore. Nuk po bëj lojëra fjalësh. Kjo është tragjikja që po mundohem të shpjegoj: padobishmëria dhe pastaj zhbërja e trurit nga mospërdorimi apo keqpërdorimi.

- Ti po flet përçart! Nesër do të jemi bashkë.

- Nesër? Nesër është larg. Sot më pret një natë e gjatë. Nata e një ngjarjeje. Edhe ky është mision, mbase. Do kem ç'të rrëfej kur të kthehem sërish në vendin tim. *Auf Wiedersehen, liebling*!

PËRMBAJTJA

Lutje e pambaruar 7
(X 1)..9
(X 2)..16
(X 3)..27
(X 4)..33

Dete, liqene, lumenj 39
(X 1)..41
(X 2)..46
(X3) 52
(X4) 57

Gloria in excelsis deo..65
(X1) 67
(X2)...73
(X3)...82
(X4)...88

Muri i Berlinit dhe mure që s'kanë rënë....................95
(X1)..97
(X2)..100
(X3)..105
(X4)..107

www.ingramcontent.com/pod-product-compliance
Lightning Source LLC
LaVergne TN
LVHW030324070526
838199LV00069B/6547